Der letzte Abend der Saison

Das Buch

Ein Vertreter, der auf seiner letzten Reise eine Anhalterin mitnimmt. Ein Junge, der mit seinem Onkel eine Spritztour macht und zum ersten Mal vorne sitzen darf. Oder eine Gruppe von Jugendlichen bei einer Tanzveranstaltung am letzten Abend der Saison. Was die hier versammelten Texte des Bestsellerautors Åke Edwardson verbindet, ist ihr wunderbar wehmütiger Ton. Geschichten über das Unterwegssein, über das Heranwachsen, den Wunsch auszubrechen und das Gefühl der Unruhe, das den Reisenden und den Daheimgebliebenen so oft erfüllt ...

Der Autor

Åke Edwardson, geboren 1953, lebt mit seiner Frau und zwei Töchtern in Göteborg. Bevor er sich dem Schreiben von Romanen widmete, arbeitete er als erfolgreicher Journalist, u.a. im Nahen Osten, schrieb Sachbücher und unterrichtete an der Universität in Göteborg Creative Writing. Seine Kriminalromane mit Eric Winter in der Hauptrolle wurden mit zahlreichen Preisen ausgezeichnet.

In unserem Hause sind von Åke Edwardson bereits erschienen:

Tanz mit dem Engel
Die Schattenfrau
Das vertauschte Gesicht
In alle Ewigkeit
Allem, was gestorben war

Åke Edwardson

Der letzte Abend der Saison

Aus dem Schwedischen
von Susanne Dahmann

List Taschenbuch

Besuchen Sie uns im Internet:
www.list-taschenbuch.de

Umwelthinweis:
Dieses Buch wurde auf chlor- und säurefreiem Papier gedruckt.

List Verlag
List ist ein Verlag des Verlagshauses Ullstein Heyne List GmbH & Co. KG.
1. Auflage Januar 2004

Titel der schwedischen Originalausgabe: *Genomresa* (Norstedts Förlag, Stockholm)
Übersetzung: Susanne Dahmann
Umschlagkonzept: HildenDesign, München – Stefan Hilden
Umschlaggestaltung: Hauptmann und Kampa Werbeagentur, München – Zürich
Titelabbildung: © Rian Horn (r.o.), Archiv Hauptmann und Kampa
Druck und Bindearbeiten: Clausen & Bosse, Leck
Printed in Germany
ISBN 3-548-60402-1

Für Hanna

Dank an Rita, Göran,
Gudrun, Stickan, Tulla, Svante

Mein Vater rauchte und einer meiner Brüder hustete auf dem Rücksitz. Ich erinnere mich nicht mehr, welcher von ihnen. Mein Vater kurbelte das Fenster herunter und es regnete herein.

Er brachte das Auto zum Stehen. Meinem kleinen Bruder war schlecht geworden, jetzt beugte er sich aus dem Auto, den Kopf neben der linken hinteren Radkappe.

»Ist es besser?«, fragte mein Vater nach einer Weile.

Mein Bruder antwortete nicht.

Ich ging ein Stück vom Auto weg. Mein anderer Bruder folgte mir. Wir kletterten auf einen kleinen Hügel und ich wandte mich um und sah meinen Vater, der sich rauchend an das schwarze Auto lehnte. Der Kopf meines kleinen Bruders hing aus der Autotür. Ich sehe dieses Bild jeden Tag vor mir. Jeden Tag in meinem Leben wende ich mich da oben um.

Wir fuhren weiter auf der Schotterstraße. Mein Vater fuhr siebzig Kilometer nach Osten. Es war Sonntag. Nur wenige andere Autos begegneten uns. Wir kamen in das Dorf, in dem wir früher gewohnt hatten. Ein

Jahr zuvor waren wir weggezogen. Mein Vater ging zu einem Haus, das mir, als wir dort gelebt hatten, nie aufgefallen war, und er bat uns, draußen vor der Tür zu warten. Es gab dort einen Hund in einem Zwinger und wir gingen hin. Der Hund führte sich hinter den Gitterstäben wie wahnsinnig auf.

»Er hat Hunger«, sagte mein jüngster Bruder.

»In der Schüssel ist etwas zu fressen«, sagte mein anderer Bruder.

»Er beruhigt sich schon«, sagte ich. Irgendwann hörte der Hund auf zu bellen und ich ging zum Haus, um zu fragen, ob wir eine Runde mit dem Hund gehen dürften. Mein Vater saß am Tisch und trank zusammen mit einem Mann und einer Frau.

»Ich wollte fragen, ob wir mit dem Hund rausgehen dürfen.«

»Der Hund ist ja wohl schon draußen«, sagte mein Vater und lachte.

»Es kann sein, dass er nur schwer zu halten ist«, sagte der Mann, der meinem Vater gegenüber am Tisch saß. »Du siehst kräftig aus.«

»Und ob er kräftig ist«, sagte mein Vater. »Nicht mehr lange und er schlägt mich im Armdrücken.«

»Komm mal her«, sagte der Kumpel meines Vaters. Er war rot im Gesicht und seine Haare schienen direkt vom Kopf abzustehen. Er stützte den Ellenbogen auf den Tisch. »Jetzt wollen wir mal sehen, was du kannst.«

Ich stellte mich ihm genau gegenüber und er packte meine Hand. Mein Vater lachte. Er zählte uns aus und der Mann mir gegenüber tat so, als hätte ich die Kraft eines Erwachsenen. Ich hoffte, dass er mich schnell gewinnen lassen würde, damit ich wieder zu meinen Brüdern gehen konnte und wir mit dem Hund loskonnten. Im Zimmer roch es nach Alkohol. Die Augen der Frau glänzten wie durchsichtig.

»Du hast gewonnen«, sagte der Kumpel meines Vaters und ließ sich besiegen, indem er den Arm auf den Tisch legte. »Trotzdem ist es besser, wenn ihr nicht mit Zack spazieren geht. Er eignet sich am besten zur Treibjagd im Wald und bis dahin gehört er eingesperrt. Aber kräftig bist du.«

Wir fuhren zurück. Mein kleiner Bruder schlief mit dem Kopf auf der Armlehne. Wir hielten an, und zwar an derselben Stelle wie zuvor. Ich ging auf den Hügel, während mein anderer Bruder hinter einem Busch pinkelte. Mein Vater war ausgestiegen, um zu rauchen, und durch die Autotür, die wir hinter uns offen gelassen hatten, sah ich den Kopf meines kleinen Bruders. Sein Kopf ruhte auf der Armlehne. Es war die letzte Stunde seines Lebens. Ich stand immer noch auf dem Hügel. Mein Vater schnippte die Zigarette in den Schotter und setzte sich ins Auto. Ich sah, wie er sich schräg nach vorn beugte und etwas aus dem Handschuhfach holte. Es war eine Flasche und er legte den Kopf zurück und trank. Als wir zurückkamen, roch es im Auto nach Alkohol.

»Das hat ganz schön lange gedauert«, sagte er und wandte sich zu uns um.

Er scherte aus und fuhr einen Hügel hinunter und es ging schneller. Das Auto schaukelte in der Senke und nahm Fahrt auf, bevor es wieder bergauf ging.

Wir fuhren weiter. Ich sah, dass mein Vater die Flasche zwischen seinen Beinen hatte. Ich kann mich nicht erinnern, ob er getrunken hat. Nach einer Weile kam uns jemand entgegen, mein Vater lenkte nach links in den Schotter und der Autoreifen verlor die Haftung. Als er versuchte gegenzulenken, geriet der Wagen heftig ins Schleudern und schlug mit der linken Seite gegen einen Baum. Ich weiß nicht, ob mein kleiner Bruder aufwachte, ehe es passierte.

Es gab einen Baum, den man gar nicht verpassen konnte. Der Junge wandte sich um, wie er es immer tat, wenn er vorbeiradelte. Doch diesmal war es anders, diesmal saß er neben dem Bruder seiner Mutter und im Auto roch es nach Tabak, Dispersionsfarbe und Leder und er meinte auch einen leichten Anflug von Alkohol wahrzunehmen, wenn sich der Onkel ihm zuwandte.

»Ein lustiger Baum«, sagte der Onkel.

»Irgendjemand hat den Stamm zerteilt, als er klein war«, sagte der Junge.

»Ja.«

»Es ist, als wären es zwei Bäume.«

»Zwillinge«, sagte der Onkel, »sie passen aufeinander auf, wenn es dunkel wird.«

Aber noch war es nicht dunkel, es würde noch lange nicht dunkel werden, und wenn es so weit wäre, dann würden sie wieder zu Hause sein und der Tag würde vorüber sein, dachte der Junge. Aber sie würden mit dem Sonnenuntergang nach Hause kommen.

»Deine Mutter ist ganz schön hart.«

»Hm.«

»So war sie schon immer.«

»Ja …«

»Verdammt hart«, sagte der Onkel und kurbelte die Scheibe herunter. »Mach du das auf deiner Seite auch.«

Der Griff ging ab, als der Junge ihn anfasste.

»Du musst das blöde Teil nur wieder dranschrauben«, sagte der Onkel.

Der Junge versuchte es, die Fassung passte nicht richtig, er hielt den Handgriff direkt vor das Gewinde, drückte fest und drehte gleichzeitig. Schließlich merkte er, wie es einrastete.

»Gut so, Lennart.«

Der Wind war kühl, es roch nach Wald. Wenn er mit dem Rad hier entlangfuhr, war der Duft weniger stark. Er steckte den Kopf hinaus und das flatternde Haar kitzelte ihn.

Er spürte den feuchten Geruch von Erde, Tannennadeln und Reisig, das niemals von der Sonne berührt wurde. Vielleicht ein paar Strahlen am Nachmittag, aber mehr ist es nicht, was bis hier unten dringt, dachte er.

Er sah zurück: Der Weg verlief an dieser Stelle schnurgerade, an den Rädern war Staub, wie bei einer Postkutsche in der Prärie, und einige Kilometer weiter hinten befand sich Mama in dem Haus, das nachts immer draußen steht.

Wenn jemand ihn fragte, dann antwortete er manchmal, dass er in einem Haus wohne, das nachts draußen steht. Das stimmte in gewisser Weise auch. Ein allein stehendes Haus auf dem Lande war mehr draußen als die Häuser in der Stadt. Es gab nichts in der Nähe. Man konnte um es herumgehen.

Sicherlich stand sie noch auf der Veranda. Die Augen auf den Himmel gerichtet, der durch den Straßenstaub, den das Auto aufgewirbelt hatte, etwas dunstig geworden war.

»Ihr kommt nach Hause, ehe es dunkel wird. Hörst du?«

»Ja klar, Schwesterherz.«

Schwesterherz. Der Junge hatte das lustig gefunden. Ein Großer, einer wie der Onkel mit Zigaretten und Schnauzbart ... mit dicken Fingern, fast so groß wie sein eigener Arm, hatte der Junge gedacht, als er die Hände des Onkels auf dem Lenkrad sah. Sie schlossen sich um das Lenkrad, als wäre es eine Teetasse.

Schwesterherz.

»Lennart?«

Der Junge hatte nicht geantwortet, er hatte weiter auf die Finger gestarrt, die jetzt den Zündschlüssel umfassten.

»Lennart!«

Der Junge hatte die Autotür geöffnet, um auszusteigen, doch die Finger hatten seinen Hemdsärmel gepackt.

»Bleib sitzen, Junge.«

Der Onkel hatte ihn losgelassen, das Auto gestartet, die Scheibe heruntergekurbelt.

Diesmal keine Umarmung.

»Er ist verdammt noch mal fast zehn«, hatte der Onkel gesagt. »Wenn es unbedingt sein muss, kannst du ihn umarmen, wenn wir wiederkommen.« Der Onkel hatte die Scheibe wieder hochgekurbelt und sie waren losgefahren.

»Was sagst du?«

»Fährt schon ... ganz gut.«

»Ganz gut? Die Kurbel ist vielleicht mies, aber der Motor! Hör mal hin, Lennart!«

Er hörte hin. Es klang eigentlich so, wie es klingen sollte. Er saß zum ersten Mal in einem Auto, wenn man von dem Taxi absah, in dem ihm vor langer Zeit einmal schlecht geworden war. Er hatte ein wenig auf den Sitz gespuckt und sie hatten angehalten, damit er sich in den Schotter neben dem Auto übergeben konnte. Unten am Rad war ein Käfer gekrabbelt und er hatte versucht, ihn nicht zu treffen.

Zum ersten Mal auf dem Vordersitz. Nach der ersten Kurve hatte der Onkel angehalten und er hatte über den Sitz nach vorne klettern dürfen. Er hatte sich umgedreht, um zu sehen, ob Mama ihnen nicht nachgelaufen war, um sie zu kontrollieren.

Es war, als würde er in die Geheimnisse der Zukunft hinüberklettern. Ein klein wenig war es auf jeden Fall wie ein Geheimnis.

»Isabella Borgward. Kein Chevi, aber trotzdem schick.«

»Ja.«

»Hör doch mal, Lennart!« Der Junge lauschte nach innen und dann nach außen. Weit weg, hinter dem

Bergrücken, eilte ein Zug dahin. Jetzt pfiff er, deutlich und klar, aber doch leise, da der Laut, um zu ihnen zu gelangen, erst bergauf und dann wieder bergab klettern musste.

Er spürte den Rauch in der Nase, der von der Zigarette stammte, die zwischen den um den Schaltknüppel gelegten Fingern des Onkels steckte. Er wollte nicht, dass ihm schlecht wurde, und er wollte nicht daran denken.

Sie hatten den Wald verlassen und fuhren jetzt durch die Felder. Die Abende im August kamen eigentlich immer überraschend und der Junge fragte sich, wie weit sie wohl fahren würden, ehe sie umkehren mussten.

Es waren keine anderen Autos auf der Straße. Bei Bengtssons überquerten sie den Bahnübergang. Trotzdem wird er nicht langsamer, dachte der Junge und kurbelte die Scheibe etwas hoch, als der Schotter von der Straße hereinspritzte.

»Ist dir kalt?«

»Nein.«

»Ich kann die Heizung anmachen.«

»Nee.«

Die Straße wurde grober und gleichzeitig weicher. Hier war vor kurzem der Schotterlaster gefahren, es roch nach Lauge und er hörte, wie die Schottersteine gegen das Auto prasselten.

»Ich habe gedacht, wir könnten zum See hinunterfahren«, sagte der Onkel, schaute zu dem Jungen hinüber und richtete dann den Blick wieder auf die Straße.

»Ja …«

»Bist wohl nicht so scharf darauf?«

»Doch ...«

»Aber nicht so richtig.«

Der Junge sagte nichts.

»Möchtest du etwas anderes machen?«

»Ich habe gedacht, es ist einfach ziemlich lustig ... so herumzufahren.«

»Dann machen wir das«, sagte der Onkel und fuhr schneller und der Junge hörte noch einmal das Pfeifen des Zuges.

»Magst du Rock 'n' Roll?«

Der Junge meinte, dass sie mindestens seit einer Stunde unterwegs waren. Jetzt war der Onkel abgebogen und ein Stück auf einer kleineren Straße gefahren. Der Wagen schaukelte und unter den Bäumen war es dunkler geworden.

Dann wurde es wieder heller, als sie zu einer Weide kamen, und der Junge fragte sich, warum sie wohl stehen blieben. Er sagte nichts. Der Onkel öffnete die Tür auf seiner Seite, zündete sich eine Zigarette an und stellte die Füße auf den Boden.

»Ja ...«, antwortete er, weil er schließlich wusste, was Rock 'n' Roll war. Er hatte jemanden davon erzählen hören.

»Hast du schon etwas gehört?«

Was sollte er jetzt antworten? Er hatte etwas im Radio gehört und ein paarmal in der Jukebox im Café, als sie am Samstagvormittag im Ort gewesen waren. Als er sich ein wenig mit Karl unterhalten hatte. Karl war so alt wie er.

»Elvis.«

»Du hast Elvis gehört?«, fragte der Onkel und schob sich aus dem Auto. Er ging zum Gebüsch und der Junge hörte, wie es plätscherte.

»Aaaah. Musst du nicht mal pinkeln, Lennart?«

»Nein.«

»Sicher?«

»Ja.«

»Du redest ja nicht gerade viel. Aber Elvis hast du gehört. Welchen Song denn?«

»Ich weiß nicht …«

»*Surrender* liegt auf Platz fünfundzwanzig der englischen Charts. Aber du hast wahrscheinlich einen in der Jukebox im Café gehört, was?«

»Ich glaube jedenfalls.«

»Das kann *Surrender* gewesen sein oder auch *Wooden Heart*. Es kann auch *A Mess of Blues* gewesen sein, aber ich glaube nicht, dass sie den im Café jemals hatten«, sagte der Onkel und drehte sich um. »Nein, den haben sie nie gehabt.« Er zog den Reißverschluss hoch.

Drei Pferde waren vom äußersten Ende der Koppel näher gekommen. Das neugierigste von ihnen hob den Kopf über das Gatter und schnupperte den Tabakgeruch an den Händen des Mannes.

Er strich dem Pferd über die Mähne, legte seinen eigenen Kopf an den des Tieres.

Der Onkel hat keine Angst davor, nach Pferd zu riechen, dachte der Junge, ging hin und fühlte die weiche Haut des Pferdes und die Kraft des Körpers dahinter.

»Der hier arbeitet hart im Wald«, sagte der Onkel und

griff in das borstige Haar, das dem Pferd lang und verfilzt um den Hals hing.

»Howdy, Partner«, flüsterte er in das Ohr des Tieres, ließ es los und drehte sich mit einer schnellen Bewegung in der Hüfte zu dem Jungen um, als würde er nach einer Pistole greifen. Das genügte, um die Pferde nervös werden zu lassen. Alle drei galoppierten davon. Es donnerte weich über den Hügel, der Junge fand, es klänge, als würde der Laut einen Kreis beschreiben und zu ihnen zurückkommen, als die Pferde schon nicht mehr da waren.

Der Onkel lachte und steckte in einer Bewegung die Waffe ins Halfter zurück, zündete sich eine Zigarette an und fuhr dem Jungen durchs Haar.

»Howdy, Partner.«

»Hallo.«

»Zehn Jahre.«

»Ja.«

»Das ist schon was.«

»Tja …«

»Weißt du, wie alt ich bin, Lennart?«

»Nein … nicht so richtig.«

»Fast dreißig.«

»Oh.«

»Nicht so alt wie deine Mama, aber nicht weit davon entfernt.«

Der Junge sagte nichts.

»Schon bald auf der falschen Seite der Dreißig«, sagte der Onkel. *»Wrong side of thirty.«*

Der Junge sagte immer noch nichts, er schaute den

Pferden nach, die hinter einem breiten Gebüsch verschwunden und vielleicht da hinten auf die Koppel gelaufen waren. Er konnte sie nicht mehr sehen, aber er glaubte sie zu hören.

Der Onkel folgte seinem Blick.

»*Runaway.*«

»Was?«

»Die Pferde sind weggelaufen. *Runaway.* Platz zehn der englischen Charts. Del Shannon.«

»Ich glaube, sie sind auf der nächsten Weide«, meinte der Junge.

»Weißt du, wer diese Woche auf Platz elf liegt?«

»Nein.«

»*Hello Mary Lou* von Ricky Nelson.«

»Hm.«

»Nichts Besonderes.«

»Hm.«

»Man müsste im Auto ein Radio haben. Manchmal spielen sie richtig gute Lieder.«

»Ja.«

Der Onkel schaute den Jungen an, zeigte hoch in den Himmel auf ein paar Wolken, die rasch vorüberzogen.

»Es könnte Regen geben.«

Der Junge antwortete nicht.

»Du bist ein schweigsamer Bursche, Lennart. Das gefällt mir.«

Er zündete sich wieder eine Zigarette an.

»Eigentlich bin ich genauso, auch wenn ich jetzt die ganze Zeit rede. Nur Schwuchteln quatschen unentwegt.«

Er ging zum Auto hinüber und setzte sich hinter das Steuer. Der Junge sah, wie er das Fach rechts vom Lenkrad öffnete und eine Flasche hervorholte.

Er schraubte den Deckel ab und begegnete auf der Höhe des Flaschenhalses dem Blick des Jungen. Er ließ die Flasche sinken.

»Du sagst doch nichts der Mama, was?«

»Nee, natürlich nicht.«

»Willst du auch etwas?«

»Nee.«

»Gut so, Lennart.«

Der Junge stand immer noch am Zaun, als würde er darauf warten, dass die Pferde zurückkämen. Er hörte wieder das lange Pfeifen eines Zuges, das von irgendwoher hinter den Baumwipfeln kam. Es klingt, als würde jemand Hilfe brauchen, dachte er. Es klingt so ... einsam. Der Zug da hinten im Wald ist einsam. So wie ich, obwohl er gar nicht so einsam war. Es können nicht alle in der Stadt leben, dachte er.

Dort hinten, wo der Zug war, schwebte eine dunkelschwarze Wolke, die immer näher kam, sie sah aus wie ein Land auf der Karte, aber er konnte sich nicht erinnern, wie welches. Es war ein Land mit einer Küste.

Jetzt spürte er ein paar Tropfen auf dem Gesicht.

»Was habe ich gesagt«, hörte er den Onkel vom Auto her.

Es fing an zu regnen. Es sieht aus, als stünde ein Schilfdickicht um das Auto herum, dachte der Junge. Er wollte da stehen bleiben, wo er stand. Dort zu stehen war, als würde man alles so machen, wie man es selbst wollte.

Er blieb stehen, bis er die Stimme seines Onkels hörte. Sie war laut und drang durch die dampfende Luft zu ihm.

»Von mir aus kannst du im Regen stehen bleiben, aber deine Mama wird das nicht gerade freuen. Komm, Junge, ich will dir etwas zeigen.«

Der Junge ging zum Auto zurück, öffnete die Tür und wollte sich setzen.

»Schüttele erst ein wenig das Wasser ab.«

Er strich sich kurz über Rücken und Schultern, zu den Waden hinunter.

»Gut so, Lennart. Steig jetzt ein«, sagte der Onkel und wies auf den Sitz.

Wann hatte er den Onkel das letzte Mal gesehen? War es an Weihnachten gewesen? Damals hatte er noch kein Auto gehabt. Das hier war das erste Auto. Der Junge wusste nicht, ob es ihm gefiel. Es war groß und gleichzeitig klein. Die Luft drinnen war abgestanden, obwohl es ein neues Auto war.

Jetzt war es fast dunkel darin. Der Tag ist mitten am Tag zur Nacht geworden, dachte er.

Der Onkel hatte oben vor der Windschutzscheibe eine Lampe angemacht, doch der Junge fand nicht, dass man die brauchte. Das Licht war sowieso auf eine Art weit weg. Er brauchte keine Lampe.

»Du weißt ja, dass ich nicht verheiratet bin, Lennart?«

»Äh … ja.«

»Weißt du, warum? Warum ich nicht verheiratet bin? Hat deine Mama mit dir nicht darüber geredet?«

»Nee.«

»Irgendwann hat sie sicher mal darüber geredet.«

»Nee, ich glaub nicht.«

»Ist auch egal«, sagte der Onkel und blies Rauch in die Luft, der das Licht von der Lampe an der Windschutzscheibe vernebelte.

»Ich bin nicht verheiratet, weil ich nicht verheiratet sein will«, sagte er und hob die Flasche an, die zwischen seinen Beine steckte, er trank, sagte »Aaaaahhh« und schob die Flasche zurück, direkt vor den Penis. »Das ist nichts, verheiratet zu sein. Schau dir doch bloß an, wie es deiner Mutter ergangen ist«, sagte er und sah den Jungen an. »Aber nein, davon weißt du ja gar nichts, da scheißen wir drauf.«

Dem Jungen gefiel es nicht, wenn er so redete.

»Nur Schwuchteln heiraten«, sagte der Onkel. »Allein kommt man besser zurecht. Sieh mich an«, er klopfte ein wenig auf das Lenkrad, »eigenes Auto und ich kann hinfahren, wohin ich will und wann ich will.« Er klopfte auf die innere Verkleidung der Fahrertür. »Es haben einige versucht, mich in den Hafen der Ehe zu locken, doch ich habe zu allen nein gesagt. Zu allen.«

Der Junge spürte etwas Wasser aus dem Haar tropfen. Es rann die Schläfe hinab, über die Wange und landete im Mundwinkel. Es schmeckte nach nichts.

»Schon bald werden sie versuchen, auch dich zu locken, Lennart.«

Der Onkel zeigte auf die Flasche zwischen seinen Beinen.

»Willst du?«

»Nee«, sagte der Junge und schaute auf all das durchnässte Grün außerhalb des Autos. Es gab da so viele Grünschattierungen. Es schien, als gäbe es hier mehr als zu Hause.

»Gut so, Lennart. Branntwein ist fast genauso teuflisch wie Weiber«, sagte der Onkel. »Zuerst ist es vielleicht schön, aber dann wird es nur schrecklich.« Er schraubte den Deckel von der Flasche und hielt sie hoch, betrachtete sie und verschloss sie dann wieder. »Es ist, wie wenn man sich einpisst. Erst ist es schön und warm, doch dann wird es klebrig und kalt.« Er schraubte den Deckel wieder ab, führte die Flasche zum Mund und trank. »Hast du dich in der letzten Zeit mal eingepisst?«, fragte er nach einer Weile und lachte etwas dabei.

»Nee.«

»Gut so, Lennart«, sagte der Onkel und beugte sich über der Sitz des Jungen, öffnete das Handschuhfach und holte noch mehr Zigaretten heraus.

Sie saßen schweigend da. Ein Kuckuck rief dreimal, der Laut kam von Westen. Es hatte aufgehört zu regnen. Der Junge sah die Tropfen von den Bäumen fallen und meinte hinten im Dickicht auf der anderen Seite der Koppel ein Pferd ausmachen zu können. Ihm war, als hörte er weit entfernt einen Traktor, doch er hatte keinen Hof gesehen, seit sie von der breiteren Straße abgebogen waren.

»Lennart?«

»Ja?«

»Nur damit du das auch weißt.«

»Was?«

»So etwas muss ein Junge schließlich wissen, je früher, desto besser. Je eher, desto besser, wie man sagt. Deine Mutter sagt dir bestimmt nichts«, meinte der Onkel und zuckte zusammen, als würde er von einem kurzen Lachen geschüttelt. »Es ist gut, vorbereitet zu sein, Lennart«, fuhr er fort, »aber all das andere hat keine Eile. Es hat keine verdammte Eile damit, groß zu werden.«

Der Junge nickte.

»Es ist nichts Besonderes, groß zu sein.«

Der Junge nickte.

»Verstehst du?«

Der Junge nickte wieder.

»Gut so, Lennart.«

Der Junge stand am Gatter. Die Wolke war nach Süden gezogen, über die Straße hinweg, auf der sie gekommen waren. Die Sonne war stärker als je zuvor, so schien es ihm jedenfalls, und er wandte das Gesicht in die Sonne. Sie war jetzt ganz rot und das hieß, dass sie gleich untergehen würde.

Er hoffte, dass die Pferde zurückkommen würden, doch das war bisher nicht geschehen.

Er dachte an die Bilder mit den Frauen ohne Kleider, die der Onkel ihm gezeigt hatte. Sie hatten ihm nicht gefallen, doch auf irgendeine Weise waren sie ... mystisch gewesen, wie wenn man an einen Ort kommt, von dem einem alle sagen, dass man ihn nicht betreten dürfe. Da will man dann einen Augenblick verweilen.

Der Onkel hatte gesagt, dass sie ihm nicht gefielen,

doch er hatte gesehen, dass das nicht stimmte. Er war rot im Gesicht geworden.

Der Onkel hatte die Lampe im Autodach ausgeschaltet, war aus dem Auto ausgestiegen und dann hinten wieder eingestiegen, hatte sich auf den Rücksitz gelegt und gesagt, dass er sich nur einen Augenblick ausstrecken würde. Er hatte zu dem Jungen gesagt, dass er an der Koppel Wache halten solle und aufpassen, dass die Pferde nicht wieder über die Prärie gerannt kommen und über das Gatter springen und das Auto umringen würden.

Der Junge wartete, doch die Pferde kamen nicht.

Er ging ein Stück den Weg hinunter und hörte die Grillen am Wegesrand zirpen. Es war laut. Er sah ein grünes Etwas über den Weg hüpfen und im Graben verschwinden.

Er setzte sich auf einen großen Stein ein paar Meter vom Weg entfernt und dachte, dort hinten, wo vier Wacholderbüsche dicht beieinander standen, da könnte man Querholz und Äste drüberlegen und hätte eine gute Hütte.

Der Stein war warm. Er schaute hoch und sah Schwalben wie ein lichtes Netz am Himmel.

Alle Farben schienen sich versteckt zu haben, als der Regen kam, doch jetzt waren sie wieder da, dachte er. Aber sie sahen anders aus als vorher.

Der Junge hatte die belegten Brote gegessen, die die Mutter ihm mitgegeben hatte, doch er war immer noch hungrig. Er wunderte sich, dass er keinen Durst hatte.

Er rutschte von dem Stein hinunter, ging zum Auto zurück und rüttelte den Onkel ein wenig, der auf dem Rücksitz zusammengekrümmt auf der Seite lag. Der Kopf hing über den Sitz und der Junge fragte sich, wie man überhaupt in dieser Stellung schlafen konnte. Alles Blut läuft in den Kopf, dachte er.

Ein dünner Faden Spucke zog sich vom Mundwinkel des Onkels fast bis zum Boden des Autos hinab. Es sah beinahe aus wie irgendein Trick, den er lange geübt hatte.

»Onkel.«

Der Junge schüttelte ihn wieder, diesmal etwas fester, und der Onkel brummte und schrak dann heftig zusammen. Er sah ihn mit Augen an, die nichts zu sehen schienen. Er schüttelte den Kopf.

»Verdammt, da bin ich doch ein wenig eingenickt. Sind die Pferde zurückgekommen?«

»Nein.«

»Hast du niemanden gesehen?« Der Onkel rieb sich den Nacken und schaute durch das Rückfenster. »Es wird bald dunkel werden. Wir sollten wohl mal zurückfahren.«

»Ja.«

»Du willst jetzt nach Hause, nicht?«

»Ja.«

»Willst du fahren?«

»Was?«

»Willst du das Auto fahren? Du möchtest es doch sicher mal probieren, oder?«

»Nee …«

»Natürlich möchtest du mal fahren, Lennart. Von hier bis zum Bahnübergang bei Bengtssons. Das ist noch ein gutes Stück, bis der Übergang kommt.«

Als der Onkel das sagte, hörte der Junge das Pfeifen des Zuges, woher es auch immer kam, das war jetzt das abendliche Pfeifen und es klang bestimmter als zuvor. Als wäre der Zug größer geworden, als wäre er nicht mehr so klein und einsam.

»Das kann ich nicht.«

»Ich bin ein wenig müde, Lennart. Ich zeige dir alles und dann fährst du so lange, bis ich wieder etwas frischer bin«, sagte der Onkel, klaubte die Flasche vom Boden auf und hielt sie in der Hand.

Der Junge konnte sehen, dass nur noch wenig darin war.

Der Onkel trank den Rest aus und warf dann die Flasche nach hinten auf den Boden. Sie hätte kaputtgehen können, dachte der Junge.

»Ich will nicht«, sagte er.

Der Onkel schaute den Jungen an.

»Gut so, Lennart. Ich habe nur einen Witz gemacht.«

Der Junge war sich nicht sicher, ob das stimmte. In den Augen des Onkels war kein Lachen gewesen, als er das mit dem Fahren gesagt hatte.

Der Junge hatte gehofft, dass er die Pferde noch einmal sehen würde, doch sie zeigten sich nicht. Das Gebüsch dort hinten war wie ein Tor, das niemanden zurückkommen ließ. Wer dort hineingeht, kehrt nie zurück, dachte er. Vielleicht ist das der Himmel.

»Hörst du den Zug?«, fragte der Onkel.

»Ja.«

»Das ist lustig an der Gegend hier, man hört den Zug überall, trifft aber nie jemanden, der schon mal damit gefahren ist.«

Der Junge antwortete nicht.

»Keiner steigt ein und keiner steigt aus«, sagte der Onkel. »Alle fahren vorbei, sind fremd und schauen raus und fragen sich, wie man hier bloß leben kann.«

Der Junge sagte nichts, er horchte auf den Zug, der näher zu kommen schien.

»Nächstes Mal fahren wir mit dem Zug, Lennart.«

»Ja.«

»Ich kann dir sagen, ich hatte schon ein paar Sachen am Laufen, aber dann ist immer irgendwie was dazwischengekommen«, sagte der Onkel.

Der Junge schwieg, doch dann dachte er, dass er wohl fragen sollte.

»Und was war das?«

»Was dazwischengekommen ist? Meist irgendwie Frauen, denke ich, oder dieser Job, den ich am Laufen hatte, was dann aber nichts geworden ist«, sagte der Onkel und schaute zum Horizont.

Die Sonne war auf dem Weg in eine andere Welt.

»Jetzt fahren wir.«

Die Abendstimmung war erfüllt von Geräuschen und einem schummerigen Licht. Es war, als würden sie in einem großen Raum fahren.

»Wir müssen eine Abkürzung nehmen. Deine Mutter wird verrückt, wenn wir erst nach Einbruch der Dunkelheit nach Hause kommen.«

»Was für eine Abkürzung?«

»Die Eisenbahnlinie.«

»Wo sind die Übergänge?«, fragte der Junge, drehte sich zur Seite und schaute den Mann an.

»Die gibt es überall«, sagte der Onkel und der Junge sah, wie er kurz lachte.

»Überall?«

»Wenn sie eine Eisenbahnlinie durch die Gegend hier legen und dann nichts tun, damit wir sie überqueren können, wo wir wollen, müssen wir eben so rüberfahren.«

»Di... direkt über die Eisenbahn?«

»Na, machst du mit, Lennart?«

»Was ... nee ...«

»Du würdest das nicht mitmachen?«

»I... ist das gefährlich?«

»Allerdings, das ist es. Verdammt gefährlich ist es und es ist ganz dumm, mit einem neuen Auto über die Eisenbahn zu fahren.«

»Ja ...«

»Ich würde das nie tun«, sagte der Onkel, »nur Idioten machen so was.«

Der Junge antwortete nicht.

»Aber wir werden über einen richtigen Übergang fahren, und zwar über den dort hinten«, sagte der Onkel und der Junge sah die blinkenden Lichter am unbeschrankten Bahnübergang und von Westen her hörte er den Zug.

Er hatte während des Sommers viel über den Tod nachgedacht und wusste nicht, warum. Fast jeden Tag, seit die Ferien begonnen hatten. Denkt man viel an den Tod, wenn man bald sterben wird?, fragte er sich, dann dachte er an die Pferde und noch an ein paar andere Sachen.

Er sah, dass die Lichter auf Rot wechselten.

Der Onkel schien das nicht zu bemerken, es war, als würde er noch schneller fahren, doch fünfundzwanzig Meter vor dem Übergang bremste er plötzlich ab. Unter den Reifen knirschte es furchtbar.

»Diese verdammten unbeschrankten Bahnübergänge sind gefährlich«, sagte der Onkel. »Man hört den Zug überall und andauernd und am Ende hat man keine Angst mehr, sondern fährt einfach drauflos und dann knallt es. Hast du dich gefürchtet?«

»Ja.«

»Gut so, Lennart.«

Sie warteten, bis der Zug wie ein sich kringelnder dicker Leuchtwurm am Horizont verschwunden war. Das Einzige, was man jetzt noch hörte, waren der Automotor und ein paar Gänse, die rechts von ihnen von einem Tümpel aufflogen.

Der Junge schaute dorthin und sah die Vögel, die dem Himmel zustrebten, und das dunkle Loch, das sie hinter sich gelassen hatten.

Das Wasser dampfte. Jemand hat den ganzen Tümpel mit Mullbinde eingewickelt, dachte er.

Wir bogen nach drei Kilometern von der Hauptstraße ab und fuhren auf einem Weg in den Wald hinein, der von den Bulldozern der Waldarbeiter kaputtgefahren worden war. Mein Vater fluchte und schaute rasch zu mir nach hinten.

»Wie sieht's aus?«, fragte er und richtete den Blick sogleich wieder auf den Schotterweg.

»Eine von den Rosetten ist abgefallen, als du dem Hasen ausgewichen bist, aber ich habe sie wieder dranbekommen.«

»Ist die Glasur noch warm?«

»Die Rosette ist jedenfalls wieder dran.«

Ich spürte die schwache Wärme der Zuckerlösung, als ich die Hand an die Außenseite der Schale aus rostfreiem Edelstahl legte. Das Auto fuhr erneut in ein Schlagloch und ein Stück der hohen Torte brach ab, aber ich konnte es mit der Hand auffangen, ehe es auf den Boden fiel.

Ich klebte das Stück wieder fest. Im Auto roch es nach Mandel und Zucker und nach Tabak. Mein Vater rauchte nervös, sein Blick wanderte immer wieder zum Rückspiegel. Es fing an zu regnen und der Wald wurde dunkler. Es war spät am Nachmittag und die Hochzeit hatte vielleicht schon begonnen.

»Warum konnten die auch nicht rechtzeitig bestellen, verdammt noch mal«, sagte mein Vater.

Seine Augäpfel im Rückspiegel waren rot. Er war die ganze Nacht auf gewesen und hatte die Hochzeitstorte gebacken. Er hatte den Mandelteig auf Backpapier gespritzt und die Teile nach einer eigenen Zeichnung zusammengefügt. Er war Architekt und Künstler.

Die mehrstöckige Torte war höher als ein Meter. Das Brautpaar auf der Spitze schaukelte im Takt mit dem Auto. Mein Vater hatte das Brautpaar aus Marzipan gemacht. Das Diadem der Braut befand sich sehr dicht am Dach des Wagens. Das Paar stand auf einer kleinen Bühne, die mit kandierten Veilchen geschmückt war. Es sah schön aus.

Ich konzentrierte mich auf die Bewegungen des Wagens. Die Stoßdämpfer waren schlecht und die Torte konnte dem Rhythmus nicht folgen. Ein Stück fiel herab und ging entzwei.

»Verdammt«, sagte ich.

Mein Vater hielt das Auto an, stieg aus und öffnete die Rückklappe.

»Das kann man nicht kleben«, sagte er und nahm ein Ersatzstück Torte aus einem Karton auf dem Vordersitz und fügte es an dem Platz des alten Stückes ein. Es hatte dieselbe verschnörkelte graziöse Form. »Kannst du nicht alles ein wenig höher halten?«

»Das Brautpaar berührt schon fast das Dach«, wandte ich ein.

Er beugte sich vor und hob das Brautpaar von der Spitze. Nur er hatte das Recht, es von der Torte zu trennen.

Es war fast dunkel. Ich dachte, dass wir vielleicht allein im Wald wären, dass es hinter den großen Bäumen keine anderen Menschen gäbe.

Mein Vater rauchte hinter dem Auto. Wenn er den Rauch ausblies, war er wie Nebel. Ich spürte einige Regenpfützen dort, wo ich im Kofferraum des Kombi saß. Der Hintern tat mir langsam weh, aber ich sagte nichts.

»Die warten«, sagte mein Vater, schlug die Klappe wieder zu und setzte sich hinters Lenkrad. Er hatte die Beleuchtung über dem Laderaum angemacht. Das Brautpaar lag neben mir auf dem Rücken auf einem Bett aus zwei zusammengefalteten Papierhandtüchern. Ihre Augen aus schwarzen Zuckerperlen verfolgten alle meine Bewegungen ebenso, wie mich die roten Augen meines Vaters im Rückspiegel verfolgten. Ich versuchte, die Torte über den Boden zu halten, indem ich sie auf einer Decke und auf meinen Knien balancierte. Es war unbequem und ich begann zu schwitzen. Ich würde niemals heiraten.

Wir mussten noch drei- oder viermal anhalten, immer wenn ich es nicht schaffte, die Torte selbst zu reparieren. Mein Vater hatte einen Gaskocher mitgenommen und er wärmte den Zuckerguss auf, als er zu hart geworden war. Wir waren ein Wanderlager. Als wir weiterfuhren, schmerzten meine Glieder noch mehr.

Dann ging der Wald in ein Feld über und man konnte die Lichter des Hofes durch die Bäume sehen. Wir fuhren die Auffahrt hinauf und hielten auf dem matschigen Weg vor dem Wohnhaus. Ich hörte die Kühe vom Feld hinter den Wirtschaftsgebäuden muhen.

Mein Vater ließ den Kopf auf das Lenkrad sinken und rieb sich dann die Augen. Er ging ins Haus und kam mit zwei Männern zurück.

»Das war auch höchste Zeit«, sagte einer von ihnen.

Mein Vater antwortete nicht. Er öffnete die Klappe und ich kroch heraus. Er beugte sich hinein und befestigte das Brautpaar auf der Spitze der hohen Torte.

»Jetzt übernehmen wir«, sagte der größere der beiden Männer. Er hockte sich hin, nahm die Torte und zog sie an die Kante. Als er sie anhob, stieß das Brautpaar gegen die geöffnete Klappe. Der Turm begann in den Händen des Mannes zu schaukeln. Dann fiel er zu Boden und zerbrach. Die einzelnen Stücke sanken in den Matsch. Der Mann beugte sich herab und fuhrwerkte in den Tortenteilen herum. Als er sich mit dem Brautpaar in der Hand aufrichtete, trat mein Vater ihm ins Gesicht.

Jetzt drehte das Schiff bei und er bekam die Sonne direkt ins Gesicht, aber das war nicht unangenehm. Der letzte Sonnenbrand, dachte er und legte den Kopf ein wenig in den Nacken. Dann sah er mit zusammengekniffenen Augen zu ihr hinüber, aber sie saß nicht mehr da.

»Ist sie ausgestiegen?«

»Hä?«

»Die da gesessen hat. Drei Reihen weiter vorne. Ist sie an der Insel ausgestiegen?«

»Keine Ahnung, von wem du redest.«

»Hör mal, C-h-r-i-s-t-i-a-n. Ein paar Reihen weiter vorne hat ein Mädchen mit schwarzen Haaren gesessen und jetzt sitzt sie nicht mehr da.«

Christian antwortete nicht. Er antwortete selten. Der kriegt nichts mit, dachte er.

Er stellte sich hin und schaute zurück, konnte sie aber nicht sehen. Er setzte sich wieder und jetzt war die starke Wärme weg.

»Sie ist nicht da«, sagte er. »Vielleicht geht sie auf die Landzunge.«

»Und was machst du dann?«

»Fahr zur Hölle.«

»Willst du sie zu irgendwas einladen?«

»Fahr zur Hölle, habe ich gesagt, C-h-r-i-s-t-i-a-n.«

»Warum redest du so blöd?«

»Was?«

»Vergiss es. Schwarze Haare, oder was?«

Sie fuhren jetzt in die Schären hinein und er konnte drei kleine Strände hintereinander sehen, aber niemanden, der badete. Kein Schwein badet. Mir doch egal. Verdammte Idioten.

Es roch stark nach etwas, von dem er wusste, dass er den Namen kannte, doch jetzt wollte es nicht aus den Schubladen im Kopf kommen. Er wusste, wie es aussah, aber er kam nicht auf den Namen. Es war lila und wuchs flach auf der Erde. Seit seiner Kindheit hatte er nicht mehr daran gedacht.

Hier zwischen den Schären hörte man die Möwen lauter als draußen in der Bucht und er sah, wie mehrere von ihnen dort hinten über dem Steg wie eine lichte Decke oder so etwas segelten.

Sie standen auf und schoben sich gebückt zum Mittelgang vor. Sie gingen die Treppe hinunter und durch den Gang an Menschen vorbei, die immer noch auf ihren Stühlen saßen, als wäre es noch eine Stunde, bis das Schiff anlegte.

Ich wünschte, ich wäre so cool, dachte er.

Sonnenverbrannte Idioten, dachte er, und in dem Moment stand ein Typ auf, als er gerade vorbeigehen wollte, und er verlor fast das Gleichgewicht, ehe er stehen bleiben und den anderen vorbeilassen konnte.

Er schaute auf seinen Nacken und fragte sich, was wohl passieren würde, wenn er die Faust genau dorthin haute und dann die Hände faltete, wenn der Kerl zu Boden ging und sie irgendwo unters Kinn donnern ließe und dann zuträte, ohne an irgendetwas zu denken außer, dass es weicher war, als er dachte.

Es war nur ein kurzer Gedanke. Jetzt beruhige dich mal.

Vom bloßen Gedanken daran hatte er angefangen zu schwitzen.

Sie verließen das Schiff und bogen hinter dem Steg nach links. Die Sonne hatte den Tau getrocknet und er zog die Schuhe aus und ging neben dem Weg im Gras zum Badeplatz. Wir werden jedenfalls baden, dachte er. Das wird für dieses Jahr das letzte Mal sein, und fast auch das erste.

Die Menschen hatten sich zerstreut und er sah einige weiter vorn und ein paar hinten, aber sie konnte er nirgendwo sehen. Er ging auf die Nordseite.

Er nahm einen Stein auf und warf ihn in die Bucht. Dann noch einen.

»Könnte sein, dass da unten hinter den Steinen jemand liegt.«

Er antwortete nicht.

»Einen Stein aufs Hirn.«

»Das werden wir ja sehen, C-h-r-i-s-t-i-a-n«, sagte er.

»Jetzt fang nicht schon wieder damit an. Was ist denn los mit dir?«

»Nichts.«

»Dann hör auf damit.«

Er antwortete nicht.

»Immer locker bleiben.«

Ein paar Büsche wuchsen am Ufer und sie legten die Badetücher vor einen, auf dem ein paar Handtücher zum Trocknen aufgehängt waren, und als sie sich gerade hingesetzt hatten, kam ein Mann vorbei, holte die Handtücher und schaute sie komisch an, als sie die ersten Bierdosen aufmachten und den Kassettenrekorder anstellten.

Die Musik donnerte auf die Schärenlandschaft ein. Es ist schon komisch, wir können jemanden hören, der irgendwas draußen auf einem Boot sagt, aber die da draußen können uns hier kaum hören, dachte er und drehte die Lautstärke noch etwas höher und er sah, wie alle rundherum die Köpfe nach ihnen verdrehten. Er machte noch etwas lauter. Warum kommen die nicht her und beschweren sich? Das ist doch ein saublödes Lied.

»Ich kann nicht mehr hören, was ich denke«, sagte Christian, bat ihn aber nicht, etwas leiser zu machen.

»Da musst du dir keine Gedanken machen.«

»Was?«

»Und, spielt das irgendeine Rolle?«, brüllte er.

»Hä?«

»Ich drehe etwas runter«, sagte er und drehte am Lautstärkeregler und lächelte einem Mann zu, der zehn Meter weiter entfernt lag und ausgesehen hatte, als sei er in Begriff einzugreifen.

Sie gingen zum Wasser hinunter und er hatte gedacht, dass es wärmer sein würde. Die Tätowierungen auf Christians Körper sahen im Sonnenlicht und den Spiegelungen der Wasseroberfläche schwarz aus.

Christians Schädel leuchtete wie eine Kugel oder ein Ball, als er abtauchte. Er sieht lebensgefährlich aus, dachte er. Alt. Das ist die Rasur.

Er hatte sich ziemlich viel Scheiße anhören müssen, weil er sich nicht den Kopf rasiert hatte, aber er wollte einfach nicht. Er wusste nicht, warum. Vielleicht war es das Aussehen, aber das war ihm eigentlich nicht so wichtig. Vielleicht wollte er einfach nicht am Kopf frieren.

Sie gingen hinauf.

»Man geht raus, wenn es am besten ist«, sagte Christian.

»So ist es immer.«

»Genau«, sagte Christian. »Verdammt, war das zuerst kalt.«

»Ja.«

»Dann wurde es richtig gut.«

»Ja.«

»Wirf mal ein Bier rüber.«

»Die sind nicht mehr kalt.«

»Hattest du nicht Kühlaggregate?«

»Hab vergessen sie ins Eisfach zu legen.«

»Aber das Bier vorhin war doch kalt.«

»Inzwischen ist es aber warm geworden.«

»Gib mir eins. Am besten alle, dann lege ich sie da unten ins Wasser.«

»Tolle Idee, Christian.«

Er spielte etwas Musik für Christian, als der zum Ufer

und ein wenig weiter hinaus ging, ein Loch grub und die Dosen hineindrückte, drehte den Song aber ab, als er zurückkam.

»Was denkst du, wie lange es das Loch da geben wird?«

»Was?«

»Dieses Loch da, das wird bald vom Wasser weggespült sein.«

»Quatsch.«

»Es wird bald kein Loch mehr geben.«

»Ich habe sie ordentlich fest reingedrückt.«

»Du kannst deine ja dalassen, wenn du willst, aber geh und hol mir meine zurück, denn ich will sie heute noch trinken«, sagte er.

»Was quatschst du denn da?«

»Das ist ziemlich einfach.«

»Wenn du sie haben willst, kannste sie dir selber holen, verdammt noch mal.«

»Du hast sie dahin gelegt.«

»Schließlich hast du gesagt, dass das eine gute Idee ist.«

»Ich habe nur Spaß gemacht.«

»Du musst immer so superschlau sein.«

»Jetzt geh und hol die Dosen.«

Christian erhob sich, ging zum Wasser und kam mit den Dosen zurück. Er warf sie in den Sand.

»Besser so?«

»Jetzt liegen sie in der Sonne.«

»Du bist echt widerlich heute.«

»Nimm sie halt und leg sie in den Schatten hinter den Busch.«

Er suchte unter den Kassetten herum, steckte eine in den Apparat und ließ die Lautstärke heruntergedreht, aber der Mann gegenüber sah sie die ganze Zeit an. Er schaute nicht zurück.

Er stellte sich auf, streckte die Arme nach hinten und spürte, wie es in den Gelenken knackte. Er hatte es zu weit getrieben, doch er wusste nicht, warum. Es lenkte seine Gedanken von etwas anderem ab und das war gut, und vielleicht war er deswegen so.

Er hatte vor, ein wenig den Berg hinaufzulaufen, dann würde er auch an nichts anderes denken als daran, wie es anfing im Kopf und überall wehzutun. Das Rauschen in den Ohren.

Wie es sich wohl anfühlt, wenn man jemanden erschlägt? In dem Moment, wenn es geschieht. Wenn man es sehen kann.

»Ich drehe eine kleine Runde«, sagte er.

»Schön«, antwortete Christian, der auf dem Bauch lag und die Augen geschlossen hatte.

Das Feld flimmerte weiß in der Hitze. Der Wind strich zwar durch die Bäume an der Bucht, doch nur mit großen Unterbrechungen. Er sah sie sich drei- oder viermal bewegen, während er den Weg zum kleinen Laden ging. Zwei Pferde standen am anderen Ende der Weide unter den Bäumen.

Die Pferde stehen still und außer mir, der ich auf dem Weg gehe, rührt sich nichts Lebendiges.

Die Tür zum Laden stand offen und er trat in den Raum, der zunächst völlig dunkel war. Er nahm die

Sonnenbrille nicht ab. Drinnen lief die Klimaanlage, die Haut zog sich zusammen und der Schweiß wurde zu kleinen Eiskristallen.

Es waren keine anderen Kunden im Laden. Eine Frau hinter einem Tresen schaute ihn an, er nickte ihr zu und sie nickte zurück. Er ging wieder hinaus, ohne etwas gekauft zu haben, und jetzt war die Wärme greifbar wie eine dicke Decke. Der gefrorene Schweiß auf seinem Körper schmolz sofort und fing an zu laufen.

Das ist schön. Ich fühle mich am besten, wenn ich schwitze. Vielleicht hätte er ein Bier mitnehmen sollen. Aber er wollte nicht in den Laden zurückgehen und eine Dose kaufen.

Er folgte dem Weg, bis dieser sich bei einer kleinen Ansammlung von Häusern teilte. Zwei Schilder wiesen nach links und rechts. Der linke Weg führte zum Fischereihafen und der rechte zu dem anderen Badestrand.

Er ging nach rechts und kam zu einem Hügel mit Bäumen, die bis zum Wegrand reichten. Es roch nach Kiefernnadeln und Sonne. Auch der andere Geruch, den er schon auf dem Boot in der Nase gehabt hatte, tauchte wieder auf und jetzt erinnerte er sich, dass es Heidekraut war. Er war auf der Bergkuppe angekommen. Vor ihm lag der andere Strand, dort waren nur zwei Mädchen und die eine war die von dem Boot. Sie war braun gebrannt, doch nicht so braun wie das andere Mädchen, das blond war.

Sie musste auch mit auf dem Boot gewesen sein, doch

er erkannte sie nicht wieder, er erinnerte sich nicht an sie.

Er fuhr sich mit dem Unterarm über die Augen und ging den Hügel hinunter und zum Wasser. Er wusste nicht, was er tun sollte. Er zog sich die Schuhe aus und ging ins Wasser hinein. Er spürte die Kälte, sie breitete sich bis in den Kopf aus. Hundert Meter vom Land entfernt kreisten einige Möwen um ein Plastikboot mit Außenborder, das auf dem Weg zu dem großen Steg war.

Er stieg aus dem Wasser und ging zu den Mädchen hinüber. Der Sand klebte an seinen Füßen. Hinter sich hörte er das Pfeifen eines Schiffes und er drehte sich um und sah eines der frühen Schiffe für Badegäste zur Stadt zurückfahren.

Die Mädchen schauten ihn an. Er hatte sich so hingestellt, dass er der Blonden in der Sonne stand, und er trat zur Seite. Sie sah mit zusammengekniffenen Augen zu ihm auf und es gefiel ihm nicht, wie sie aussah.

Er hatte einen Beschluss gefasst, als er auf sie zuging.

»Ihr habt ja ein Plätzchen nur für euch gefunden«, sagte er.

»Ja ...«, sagte die Schwarzhaarige und schaute zu ihm hoch.

»Jetzt badet niemand«, sagte er.

Sie antworteten nicht. Die Möwen da draußen flogen jetzt wieder Richtung Land und er hörte sie über sich und sah dann, wie sie sich auf den Klippen hinter den Mädchen niederließen.

»Es ist doch komisch, dass niemand badet, wo es doch so warm ist. Ich war auch mit auf dem Boot«, sagte er und hoffte, dass die Schwarzhaarige sagen würde, dass sie ihn wiedererkenne. Doch stattdessen fing die Blonde an zu kichern, als ob sie nicht verstehen würde, wie ernst die Sache war. Die begreift ja wohl gar nichts, dachte er. Die Dunkle begreift was.

»Kann ich was zu trinken kriegen?«, fragte er.

»Bist du um die Insel herumgelaufen?«, fragte die Schwarzhaarige.

»Ja.«

»Wir haben auch nicht mehr viel«, sagte die Blonde.

»Hier«, meinte die Schwarzhaarige und reichte ihm einen Plastikbecher und er war froh, dass sie diejenige war, die das tat.

»Setz dich«, sagte sie.

»Elisabeth ...«, sagte die Blonde und sah mit einem Blick auf die Dunkle, die irgendetwas sagen sollte. Er beschloss, sie einfach zu ignorieren.

»Danke«, sagte er und setzte sich auf die äußerste Kante der Decke und er sah, dass sie Bücher und Zeitungen dabeihatten.

»Du kannst auch noch etwas mehr haben«, sagte sie. Er gab ihr den Becher zurück und sie goss noch etwas aus einer großen Glasflasche ein.

»Interessante Tätowierungen«, sagte sie, als er ausgetrunken hatte.

»Gefallen sie dir?«

»Das habe ich nicht gesagt.«

»Mir gefallen sie«, sagte er.

»Das ist wahrscheinlich ein Vorteil«, sagte sie und lachte. Das machte ihm nichts aus, aber es gefiel ihm nicht, dass die Blonde auch anfing zu lachen. Das war, als ob Christian über ihn gelacht hätte. C-h-r-i-s-t-i-a-n.

»Jetzt bist du hoffentlich nicht sauer«, sagte die Schwarzhaarige und sah ihn mit zusammengekniffenen Augen an. Sie war hübsch.

Er spürte etwas Großes und Heißes mitten in seinem Kopf und es war, als würde er überhaupt nichts mehr sehen. Jetzt hörte er, dass sie etwas sagte.

»Hallo?«, fragte sie.

»Was?«

»Vielleicht hast du zu viel Sonne abgekriegt?«

»Nein, nein«, sagte er.

»Geh und setz dich in den Schatten«, sagte sie und zeigte auf die Klippen und einen Baum, der dort stand und er erhob sich und ging weg und setzte sich in den Schatten unter den Baum.

Nach einer Weile fühlte es sich nicht mehr so heiß im Kopf an und er schaute zu den Mädchen hinüber, die auf das Meer hinaussahen. Die Dunkle hatte sich gegen die Sonne einen Pullover angezogen, doch die Blonde saß immer noch mit nacktem Oberkörper da. Sie hatte kein Bikinioberteil an wie die Dunkle und die Dunkle gefiel ihm deshalb.

Tussen sollten nicht mit nackten Brüsten in der Gegend herumspringen, dachte er. Das war ja fast so, als würde er seinen Pimmel so raushalten, dass jeder ihn sehen könnte.

Er stand auf, ging zurück und setzte sich auf dieselbe Stelle auf der Decke.

»Fühlst du dich besser?«, fragte die Dunkle und die Blonde stand auf und ging zum Wasser hinunter.

»Ist sie irgendwie sauer?«, fragte er.

»Sie ist manchmal so.«

Er sah ihr dickes Haar hinter ihr treiben, als sie rausschwamm. Schwimm du ruhig ein bisschen, dachte er bei sich.

»Aber du bist nicht so«, meinte er.

Sie lachte kurz auf.

»Du kommst ja wohl nicht von hier?«

»Nein.«

Jetzt rief die Blonde von draußen irgendetwas, aber man konnte nichts verstehen. Das Mädchen ihm gegenüber stand auf und ging zum Ufer und jetzt hörte er, dass die Blonde rief, die Dunkle solle reinkommen.

»Sie will, dass ich schwimmen gehe«, sagte sie, als sie wieder bei der Decke war.

»Ich gehe auch mit«, sagte er und erhob sich.

»Wie groß bist du?«, fragte sie, als sie neben ihm stand.

»Zwei Meter.«

»Genau zwei Meter?«

»Glaub ich jedenfalls.«

»Du siehst wirklich lebensgefährlich aus«, sagte sie und lächelte.

»Sag das nicht«, erwiderte er.

Sie gingen ins Wasser und schwammen raus und die Blonde sah etwas genervt aus. Er kam in ihre Nähe und sah zur Seite zu der Dunklen und dann drückte er den Kopf der Blonden unter die Wasseroberfläche.

»Was ist denn mit dir passiert?«, fragte Christian, als er kam.

»Ich habe mich an einer Flasche geschnitten.«

»Du hattest doch gar keine Flasche.«

»Ich habe sie getroffen und sie hatte eine Flasche, und ich habe mich daran geschnitten, verdammt noch mal, als sie auf einen Stein gefallen und kaputtgegangen ist.«

»Du hast sie getroffen? Wen denn?«

»Die schwarzhaarige Tussi vom Schiff.«

»Ich kann mich an sie nicht erinnern, weil ich sie nicht gesehen habe«, sagte Christian.

Fünfzehn Meter von ihnen entfernt stand eine Familie am Rand des Wassers. Zuerst dachte er, dass sie im Schatten stünden und dass sie deshalb so dunkel aussähen, aber als sich eines der Kinder bewegte, sah er, dass es eine Negerfamilie war.

»Hier ist es auch ziemlich schwarz«, sagte Christian.

»Dass die sich überhaupt so nah an dich heranwagen.«

»Ich habe nichts gemacht. Du solltest verdammt noch mal gehen und dich etwas waschen, du bist ja überall blutig.«

»Überall. Blut an den Händen, ist das vielleicht überall?«, fragte er und hielt Christian die Hände entgegen.

»Jetzt bist du total durchgeknallt«, sagte Christian und ging ein paar Schritte rückwärts. »Das ist ja schon fast getrocknet. Bist du mit diesen Händen über die ganze Insel gelaufen?«

Er antwortete nicht. Er stand auf, ging zum Wasser und wusch sich ab. Es glühte und dröhnte im Kopf. Das hatte nicht aufgehört, seit er vom nördlichen Ufer hierher gekommen war. Er war unterwegs ein paarmal im Schatten stehen geblieben, aber das hatte nicht geholfen.

Er legte sich der Länge nach ins Wasser, den Kopf nach unten, und lag so, bis er keine Luft mehr kriegte. Als er sich aufsetzte, sah ihn eines der schwarzen Kinder an, als wäre er von den Toten auferstanden. Er fing an zu zittern und merkte, dass er fror.

»Ich habe nichts zu den Niggern gesagt«, meinte Christian.

Er legte sich auf das Badelaken und spürte die Sonne im Gesicht.

»Ich bin nicht einmal hingegangen.«

»Es reicht doch, wenn sie die Tätowierungen sehen«, sagte er und öffnete die Augen.

»Ich glaube nicht, dass sie die gesehen haben«, meinte Christian.

»Gib mir ein Bier.«

»Die sind kalt. Ich habe sie wieder eingegraben, als du abgehauen bist, und sie sind nicht weggeschwommen.«

»Dann gib mir eins.«

Er schloss die Augen und spürte die scharfe Kälte auf dem Bauch, als Christian die Bierdose dort abstellte. Er nahm sie in die eine Hand, setzte sich auf und riss an dem Ring. Er hatte es zu eilig und schnitt sich in den Finger, als der Öffner von der Dose abriss.

Christian sah ihn an.

»Ist ja nicht gerade dein Glückstag heute.«

Er antwortete nicht, sog an dem Finger, trank aus der Dose, sog wieder an dem Finger.

»Du bist ja ganz schön nervös.«

»Hau ab. Du stehst mir in der Sonne.«

»Was hat die Tussi eigentlich zu dir gesagt?«

»Was?«

»Die schwarzhaarige Tussi. Sie muss doch irgendwas mit dir geredet haben.«

Er antwortete nicht.

»In einer Stunde geht das Schiff«, sagte Christian. »Verdammt, du warst ganz schön lange weg.«

»Halt jetzt die Schnauze.«

»Na, durfte sie den Schwanz probieren?«

»Ich sagte, h-a-l-t-d-i-e-Sch-n-a-u-z-e.«

»Ich geh mal runter und knall den Negern ein paar Sieg Heil vor den Latz«, meinte Christian.

»Mach, was du willst.«

Er schloss wieder die Augen und hörte, wie Christian in den Kassetten wühlte, dann hörte er die Marschmusik und danach sein idiotisches Brüllen unten am Strand.

»Sie sind gegangen«, sagte Christian, als er zurückkam.

»Hm.«

»Sie wollten das Lied nicht zu Ende hören.«

»Nee«, sagte er und hielt die Augen geschlossen.

»Es ist niemand mehr hier am Strand.«

»Was Wunder.«

»Aber sie sind vorher abgehauen, bevor du gekommen bist.«

Er hörte auf zuzuhören und war vielleicht eingeschlafen, als Christian ihn plötzlich rüttelte.

»Das Schiff geht in einer Viertelstunde.«

Er antwortete nicht.

»Ich will jedenfalls mit. Heute Abend geht keins mehr.«

Er stand auf, das dumpfe Gefühl saß noch im Kopf.

Auf dem Schiff gingen sie durch den Salon und setzten sich auf dem oberen Deck nach drinnen. Es gab viele freie Plätze.

Die Schwarzhaarige kam vorbei, nachdem sie sich hingesetzt hatten und das Schiff abgelegt hatte. Sie sah ihn an, sagte aber nichts und er wusste nicht, was er sagen sollte.

Die übrigen Sommergäste hatten den Campingplatz bereits verlassen, als die letzte Familie kam. Die Ferienzeit war vorüber. Es wurde wieder früher dunkel. Die Bäume warfen ihre Schatten bis weit auf das Wasser.

Der Campingplatz war zu einer dunklen Wiese geworden und der Wohnwagen der Familie hob sich weiß gegen das Dunkle ab und leuchtete im Licht der untergehenden Sonne.

Der Schrei der Frau hallte weit über das Wasser. Ich stand auf dem Weg und hörte sie. Es war, als würde sich der Wohnwagen bewegen, als würde er vibrieren. Den Mann oder die Tochter hörte ich nicht; ich nahm an, dass das Mädchen, das mit ihnen reiste, ihre Tochter sei.

Der Mann kam aus dem Wohnwagen, ging ein paar Schritte und setzte sich ins Auto. Jetzt war es still im Wagen. Nichts rührte sich da drin. Ein Seetaucher schrie von der anderen Seite des Sees und dann ließ der Mann das Auto an. Die Scheinwerfer warfen Licht über die Wasseroberfläche, bis halb über den See. Die Wasservögel verstummten. Das Auto fuhr davon. Ich drehte mich um und verfolgte den Lichtkegel der Scheinwerfer. Er verschwand zwischen den Bäumen und nach ein paar Minuten sah ich ihn auf dem Hügel, auf der anderen Seite des Sees. Ich hörte nichts. Das Licht kreiste dort hinten und das Auto kehrte zurück. Der Mann parkte an derselben Stelle wie zuvor und ging wieder in den Wohnwagen.

Ich stand immer noch auf dem Weg und jetzt hörte ich erneut den Schrei der Frau. Irgendwelche Worte konnte ich nicht ausmachen. Das Licht in dem Wohnwagen wurde ausgeschaltet, aber das Schreien ging weiter. Dann wurde es still. Ich blieb noch eine Weile da stehen, aber man hörte nichts mehr. Stille. Dann ein schwacher Laut. Das konnte das Mädchen gewesen sein.

Beim Einchecken hatte er nicht mehr als das Notwendigste gesagt. Es war noch eine Woche bis zur Schließung des Campingplatzes und er hatte für zwei Nächte gebucht. Durch das Fenster des Büros und des Autos hatte ich nicht viel von der Frau gesehen. Die Sonne schien. Das Mädchen war aus dem Auto ausgestiegen und hinterher gegangen, als sie auf das Gelände fuhren.

Die Saison war fast zu Ende, der Sommer aber noch nicht. Es war noch immer warm. Der Campingplatz war ruhig. Es gab nichts, worauf jemand hätte reagieren können. Vielleicht wurde mal ein Reklameblatt über die Wiese geweht, doch außer mir sah das niemand. Ich hatte eine Woche lang allein im Büro gesessen und mich gewundert, dass keine ausländischen Gäste vorbeikamen. Für sie war die Saison doch noch nicht zu Ende.

Doch der Mann war nicht aus irgendeinem anderen Land gekommen. Die Frau vielleicht, sie sah etwas ausländisch aus, hatte ein blasses Gesicht.

Am zweiten Abend wartete ich, bis es dunkel geworden war. Auf dem See war ein Kahn unterwegs, doch der verschwand bald hinter der Landzunge. Die Geräusche von der Bewegung der Ruder im Wasser hörte man noch eine Weile, doch selbst die verschwanden schließlich. Es war still. Still. Ich wartete auf den Schrei der Frau. Ich hörte nichts. Dann war ein Schrei zu hören und danach noch einer, ein sehr kurzer.

Nach einer Weile kam der Mann heraus und ließ das Auto an. Die Frau und die Tochter folgten, setzten sich auf den Rücksitz und fuhren weg, halb um den See herum, ich konnte die Scheinwerfer erkennen. Ich meinte, im Rückfenster noch eine Hand aufblitzen zu sehen.

Im Wohnwagen brannte noch immer Licht. Als ich im Büro alles ausschaltete, leuchtete es von dort her. Es war das einzige Licht, abgesehen von den Lichtern vom See.

Als ich am folgenden Morgen wiederkam, war das Auto weg. Ich sah die Familie den ganzen Tag lang nicht. Am Nachmittag fing es an zu regnen und da bemerkte ich, dass im Wohnwagen das Licht brannte. Bei Einbruch der Dunkelheit ging ich hin und klopfte an die Tür. Ich wartete, doch es öffnete niemand. Ich probierte an der Klinke, doch die Tür war verschlossen.

Am nächsten Tag brach ich den Wagen auf, es war still

und leer darin und doch war es, als stünde noch ein Schrei im Raum, als hätten die Frau oder vielleicht das Mädchen einen Schrei zurückgelassen. Das war ein seltsames Gefühl, ich versuchte später, es Ingo zu erklären, aber das ging nicht.

Sie kehrten nie wieder zurück, ich hatte die Autonummer aufgeschrieben, aber das Auto war gestohlen. Der Wohnwagen stand den ganzen Winter über da.

Von dem Platz aus, an dem er saß, konnte er sehen, wie der Rasen silbrig glänzte, dann war es wieder vorbei.

Sie rief noch einmal und er stand auf. Ein Hase bewegte sich bei der Treppe, er sah, wie sich das Tier nach dem Licht aus dem Zimmer hinter ihm umwandte, und plötzlich war es in dem dunklen Rechteck, den das Gras im Garten bildete, verschwunden.

»Hast du denn keinen Hunger?«

»Ich habe einfach nicht daran gedacht.«

»Du hast lange da draußen gesessen.«

»Es wird schneller dunkel, als man merkt. Man schaut nach unten und dann nach einer kleinen Weile wieder nach oben und schon sind keine Farben mehr da.«

»Aber es gibt sie ja wohl noch.«

»Wenn man sie nicht sieht, dann gibt es sie nicht«, sagte er, ging durch die Küche und öffnete eine der Schranktüren unter dem Herd. Er nahm einen Topf heraus und hielt ihn in der Hand, spürte das Gewicht. Er füllte ihn zu einem Drittel mit Wasser und stellte ihn auf den Herd. Er öffnete die Kühlschranktür, doch es wirkte, als wisse er nicht, warum er das getan hatte. Er konnte sich nicht entscheiden.

Er schloss die Tür wieder und spürte in der Hand das Saugen des Vakuums, dann ging er aus der Küche und durch den Flur zurück zur Veranda. Er hatte die Lampe an der Wand ausgeschaltet, setzte sich wieder und sah die Konturen der Bäume wie einen Teppich vor einem hellen Fußboden.

»Ingemar!«

Ihre Stimme wirkte wie ein Schalter. Plötzlich leuchtete die Veranda von ihrer Stimme auf.

»Ingemar! Warum bist du rausgegangen?«

Er antwortete nicht. Er stand auf und ging zurück durch den Flur und in die Küche.

»Jetzt bin ich wieder hier«, sagte er.

»Aber Ing... was soll denn das?«

»Was ist schon dabei, wenn ich in die Küche komme, Wasser aufsetze und dann für die zwei Minuten, bis es kocht, auf die Veranda gehe?«

»Du könntest sa...«

»Kann man sich in seinem eigenen Haus nicht frei bewegen?«

Sie antwortete nicht und er wusste, was sie dachte. Das ist nicht dein Haus, dachte sie, das ist mein Haus und du kannst froh sein, dass du hier wohnen kannst und dass es nicht viel kostet und dass du jeden Tag mit deiner Mama zusammen sein kannst. Du kannst froh und dankbar sein dafür, Ingemar.

»Willst du das hier?«, fragte er.

»Ja, danke, wenn es nicht zu viel Mühe macht.«

»Hm.«

»Ich würde es gern selbst machen, wenn ich es nur könnte.«

»Ich weiß.«

»Ich kann das meiste selbst.«

»Das ist doch nicht der Rede wert.«

Er deckte auf und holte Essen aus dem Kühlschrank. Das Wasser kochte und er goss es in zwei Tassen und stellte eine Packung Teebeutel auf den Tisch.

»Ich hatte vor, heute Abend auszugehen«, sagte er.

»Jaha.«

»Es ist Tanz. Der letzte Abend.«

»Jaha.«

»Du willst nicht, dass ich gehe«, sagte er und tauchte den Teebeutel ins Wasser. Als er damit fertig war, gab es keine Ablage dafür und er legte den nassen Beutel auf die Verpackung des Teebeutels.

»Hol einen Teller«, sagte sie.

Er stand auf, ging zum Geschirrschrank und holte zwei Untertassen.

»Du willst nicht, dass ich dorthin gehe«, sagte er, ohne sie anzuschauen.

»Es ist nur, weil du, als du nach Hause gekommen bist, gesagt hast, du seist müde.«

»Das ist ja nichts Besonderes.«

»Du siehst müde aus.«

»Danke.«

»Du kannst dich doch einen Moment ausruhen und dann mal sehen, was du machen möchtest«, sagte sie. Er schaute sie an. Es war ihm, als seien ihre Gesichtszüge milder geworden, als sie das gesagt hatte. Sie hatten einen anderen, einen helleren Zug. Er verspürte eine Sehnsucht und eine plötzliche Trauer darüber, wie alles geworden war. Er konnte sich noch an ihr Lächeln erinnern, wie es war, als er ein kleiner Junge gewesen war, vielleicht auch noch später. Das, was jetzt war, war nicht ihre Schuld. Das durfte er nicht vergessen. Das Leben hatte es nicht gut mit ihnen gemeint. Für Leute wie ihn und sie heilte die Zeit keine Wunden. Aber Mutter hielt den Augenblick in ihrem Gesicht fest, berührte ihn fast mit ihrer kleinen verkrümmten Hand. »Ruh dich ein wenig aus und dann sieh weiter, Ingemar.«

»Wenn ich mich jetzt hinlege, komme ich nicht mehr aus dem Bett. Ich will nicht, dass der ganze Freitagabend einfach so vergeht«, sagte er und biss in sein Brot.

»Wo wird getanzt?«

»Wo immer getanzt wird.«

»Mich darfst du nicht fragen, denn ich habe mit Tanzen nichts am Hut.«

Er antwortete nicht.

»Tanzen und Rollstuhl passen nicht zusammen«, sagte sie. »Ich habe im Fernsehen einmal eine gesehen, die mit Rollstuhl in einem Tanzsalon war und aufgefordert wurde und dann mit ihrem Tanzherrn herumsauste, der neben ihr hüpfte und lachte.« Ihr Gesicht war wieder hart geworden. Er merkte, dass sie Schmerzen hatte. »Er hüpfte herum und sie wedelte mit den Armen.«

»Das war sicher nett.«

»Es sah bekloppt aus«, sagte sie. »Lächerlich war es, es hatte keinen Stil und man kann auch von Leuten, die im Rollstuhl sitzen, Stil verlangen.«

Er sagte nichts.

»Vielleicht wäre es besser, man würde uns erschießen.«

»Bist du fertig?«

»Wie, fertig?«

»Bist du fertig mit essen?«

»Wir haben uns kaum hingesetzt, da willst du schon abdecken und verschwinden?«, sagte sie.

Er ging in sein Zimmer, schloss die Tür und ging zum Fenster. Er machte den linken Flügel auf und merkte, dass die Düfte jetzt, da die Sonne fast völlig verschwunden war, noch stärker waren. Der Himmel war weit und die farbigen Wolkenfetzen sahen aus wie ein Flor, dort hinten, wo die Sonne immer weiter unterging.

Der August hat ein besonderes Licht, dachte er. Jetzt ist es still. Er lehnte sich aus dem Fenster, um zu sehen, ob der Hase noch irgendwo dort unten war.

Auf der Straße fuhr ein Auto vorbei, die Reifen gerieten auf den Randstreifen und er hörte das Knirschen des Schotters. Schon lange bevor das Auto vorbeigefahren war, hatte er die Scheinwerfer gesehen.

Als es vorüber war, leuchtete sowohl das Gelb der Frontscheinwerfer als auch das Rot der Rücklichter. Er spürte, wie sein Nacken sich verspannte, und zog den Kopf zwischen den Fensterbogen wieder nach innen. Es schmerzte oberhalb der Schulterblätter.

Er zog sich aus, wickelte sich ein Badehandtuch um den Körper und ging quer durch den Flur zum Badezimmer.

Er betrachtete sich lange im Spiegel, griff dann nach Rasierseife und -pinsel und schäumte die Seife auf. Er spürte, wie die Haut unter dem Rasiermesser spannte und wie sie Strich für Strich sanfter wurde, als er das Messer über den unteren Teil des Gesichts führte. Er pflegte sich einmal am Morgen zu rasieren und nur selten abends.

Ich hätte zuerst duschen sollen, dachte er, das hätte sich im Gesicht besser angefühlt.

Dann stellte er sich unter das Wasser. Es spannte in den Hoden, als die heißen Strahlen seinen Unterbauch trafen, er seifte den Pimmel ein und er wurde in seiner Hand steif. Er dachte an eine lackierte Hand, die sich dort unten um ihn schloss, um die Wurzel. Ich bin nicht völlig unerfahren, aber es ist doch meist, als würden sich Holzplanken umarmen. Eine Pistole, die nie benutzt wird, rostet. Ich verlange ja nicht, dass es laufen sollte wie das Taubenschießen. Aber ein Schwanz ist ein Schwanz.

Er dachte an Frauen. Es sauste leicht in seinen Ohren, als er das Wasser abstellte. Er dachte an sie, an das, was sie gesagt hatte.

Er zog sich eine Unterhose an und setzte sich in den Sessel am Fenster. Das hier ist eigentlich die beste Zeit der Woche. Freitagabend, aber noch nicht zu spät, um etwas aus dem Abend zu machen.

Sein Körper fühlte sich jetzt schwer und weich an, die Schmerzen von der Arbeit wie ein Schatten um ihn herum. Er spürte die kühle Luft vom Fenster, aber das war nicht unangenehm.

Er hörte sie dort unten rufen. Ich wollte sowieso runtergehen und ein Bier holen, dachte er.

Sie war ins Wohnzimmer gerollt.

»Kannst du die Rollläden runterlassen?«

»Ich kann auch die Gardinen zuziehen.«

»Es genügt, wenn du die Rollläden runterlässt. Ich mag es nicht, wenn jeder vorbeigehen und bei uns reinschauen kann«, sagte sie.

»Es sind dreißig Meter bis zur Straße.«

»Draußen ist es dunkel. Jeder kann in den Garten und bis zum Fenster gehen.«

Er antwortete nicht.

»Aber vielleicht willst du das ja«, sagte sie.

»Warum sollte ich wollen, dass jemand auf unser Grundstück kommt und bei uns zum Fenster reinschaut?«

»Ich weiß nicht«, sagte sie.

»Eben.«

»Wohin gehst du jetzt?«

»In die Küche, ein Bier holen.«

»Also ist schon alles klar. Es muss das Tanzen sein. Du kannst dich nicht fern halten.«

»Ich habe gesagt, dass ich in die Küche gehe und mir ein Bier hole«, sagte er. »Es klingt ganz anders, wenn man sagt, dass man Tanzen gehen wird.«

»Trinken und tanzen läuft auf dasselbe hinaus.«

Sie hatte sich wieder dem Fernseher zugewandt und betrachtete nun aufmerksam ein paar Leute auf einem Sofa, die miteinander lachten.

»Soll ich es etwas lauter machen?«, fragte er.

»Ich sitze hier mit der Fernbedienung in der Hand«, antwortete sie. »Warum stehst du da?«

»Ich werde mir ja wohl am Freitagabend ein Bier holen dürfen.«

»Deshalb musst du ja nicht gleich fluchen.«

»Ich habe nicht geflucht.«

»Ach so?«

»Wann habe ich geflucht?«

»Es schadet nichts, wenn man ab und zu auf seine eigene Stimme hört, und wenn man das tut, dann hört man auch besser, was die anderen einem sagen.«

Mit der Bierflasche in der Hand ging er wieder die Treppe hinauf. Er zögerte vor den Schallplatten und setzte sich dann in die Stille. Ich müsste mal wieder was Neues kaufen, aber ich komme ja nicht in die Stadt.

Er stand auf, suchte bei der Musik, fand eine Elvis-Platte und setzte sich, hörte zu und trank, bis die Flasche leer war. Er spürte einen kleinen Schwindel von dem Alkohol und von der Arbeit eines langen Tages und von zu wenig Essen. Das ist, weil ich es nicht gewohnt bin, dachte er. Man sollte mehr trinken.

Er hörte das Rufen von unten, wie eine Schlange, die die Treppe hinaufzüngelte und sich dann in sein Zimmer schlängelte. Er wog die Flasche in der Hand, schlug sie gegen die Handfläche. Er ging runter, vergaß aber, die zweite Treppenstufe von unten zu überspringen. Die Treppe bog sich unter seinem Schritt knarrend nach unten.

»Ich fühle mich nicht gut.«

Er antwortete nicht.

»Es ist, als würde mir schwindelig.«

»Was soll ich tun?«

»Ich weiß nicht«, sagte sie. »Aber du kannst hier sitzen, bis es vorbeigeht. Es geht schnell vorbei.«

Es geht nie vorbei, dachte er.

Er schaute auf den Bildschirm und dieselben Menschen saßen dort und lachten einander zu. Der Ton war sehr leise.

»Warum hast du es so leise eingestellt, dass du nicht hörst, was die Leute sagen?«

»Ich höre es.«

»Ist wahrscheinlich sowieso egal«, meinte er.

»Was?«

»Ob man nun hört, was sie sagen.«

»Jetzt kann ich es einmal leise und schön haben, wenn du nicht da oben dein Tam-tam-tam spielst.«

»Gott im Himmel.«

»Du sollst seinen Namen nicht auf diese Weise im Mund führen, Ingemar. Aber wenn du es lauter stellen willst, bitte schön.«

Er stand auf.

»Wohin gehst du?«

»Ich hole mir noch ein Bier«, sagte er und in dem Moment klingelte das Telefon.

Sie sieht erschrocken aus, dachte er nach dem zweiten Klingeln. Es ist, als würde hier jemand einbrechen.

»Wer könnte das sein?«

Er ging zur Anrichte und nahm den Hörer auf. Er hörte zu, ohne etwas zu sagen. Warum tue ich das?

Es war sie.

»Ingemar?«

»Ja.«

»Warum hast du nichts gesagt, als du den Hörer abgenommen hast?«

Er antwortete nicht.

»Warum sagst du nichts, Ingemar?«

»Wir brauchen nichts«, sagte er in den Hörer und sah gleichzeitig zu seiner Mutter.

»Was? Ingemar?«, sagte die Frauenstimme im Telefon.

»Wir haben schon eine gute Versicherung«, fuhr er fort.

»Verdammt noch mal ...«

»Die gilt für das Haus und alles, was wir besitzen.«

»Du bist nicht allein«, hörte er die Stimme der Frau im Hörer.

»Nein.«

»Du kannst nicht frei sprechen.«

»Nein.«

»Himmel noch mal«, sagte sie. »Können wir uns in einer Stunde an der Weide treffen?«

»Das ist ein gutes Angebot, aber ich muss darüber nachdenken.«

Seine Mutter hörte zu. Sie hatte den Ton im Fernseher mit der Fernbedienung abgestellt.

»Ich rechne damit, dass du kommst«, sagte die Frau im Telefon.

»Ja.«

»Das hier ist deine letzte Chance.«

Mein Arm hatte so lange halb aus dem Autofenster gehangen, dass er nicht mehr länger zum Körper zu gehören schien. Er fühlte sich gleichzeitig kalt und heiß an, die Sonne hatte die Haut verbrannt, aber der Fahrtwind hatte sie gekühlt. Das war ein besonderes Gefühl, das ich noch nicht kannte. Seltsam, denn wir fuhren nicht zum ersten Mal in der Dämmerung. Der Arm fühlte sich wie mein Kopf von innen an, da war auch ein Gefühl von Kälte und Hitze. Das war natürlich die Sehnsucht.

Während die Sonne unterging, wurde der Wind für eine kurze Zeit stärker, dann legte er sich und die Wärme kehrte zurück.

Heute Abend fuhr Ingo. Er hatte sich rasiert, und als wir von zu Hause wegfuhren, hing der Duft seines Rasierwassers schwer im Auto, aber jetzt hatte sich der Geruch von dem Fahrtwind verflüchtigt. Er trug eine schwarze verspiegelte Brille und sah geradeaus. Ich war der Einzige, der zu den Seiten schaute, als wir in die Stadt hineinfuhren.

»Wohin?«, fragte Ingo und ich musste lachen. Er fuhr die Storgatan hinunter und stellte das Auto am Park ab.

Als er den Motor abdrehte, dachte ich daran, dass wir zwei Stunden gefahren waren. Das Auto brauchte Wasser und Ruhe.

»Keine Mädels unterwegs heute«, sagte Ingo.

»Der Abend ist noch jung.«

»Das sind die Mädels hoffentlich auch, wenn wir sie irgendwann finden«, meinte Ingo.

»Ja.«

»Die sind in ihren Sommerhäusern.«

»Was?«

»Die sind mit Mama und Papa in ihren schicken Sommerhäusern«, wiederholte Ingo.

»Wo?«

»Was?«

»Wo sind diese Sommerhäuser?«

»Woher soll ich das wissen?«

»Aber du weißt, dass es sie gibt, oder?«

»Das hier ist so ein Bonzenkaff.«

Ich antwortete nicht. Ein offener Mercedes kam um die Ecke und fuhr langsam an uns vorbei. Zwei Typen in V-Pullovern betrachteten uns und verschwanden dann mit einem Kickstart.

»Bonzenkaff, sage ich doch«, meinte Ingo.

»Sollen wir uns was holen?«

»Was?«

»Wenn du nichts vom Kiosk willst, dann fahren wir weiter.«

»Wohin?«, fragte Ingo und ich lachte.

An der Kreuzung vorm Domus standen zwei Mädchen. Das war wie eine Fata Morgana. Wir fuhren vorbei und sie sahen uns an, als wären sie blind.

»Was meinst du?«, sagte ich. Ingos Augen waren hinter der Sonnenbrille unsichtbar.

»Was?«

»Sollen wir umdrehen?«

»Was?«

»Zurückfahren. Mädels. Jetzt stell dich nicht so blöd.«

Er wendete den Wagen an der Brücke. Die Mädchen standen noch da. Die eine war dunkel und die andere blond. Die Sonne schien ihnen in die Gesichter, die dadurch wie verschwommen waren. Ingo hielt an und ich lehnte mich hinaus. Jetzt sah ich ihre Gesichtszüge. Nicht übel, aber daran dachte ich jetzt gerade nicht.

»Hallo.«

Die Dunkle nickte.

»Was läuft denn so?«

Sie antworteten nicht.

»Die Stadt sieht ziemlich ausgestorben aus«, sagte ich.

»Erzähl was Neues«, sagte die Blonde und grinste. »Ihr kommt wohl nicht von hier, was?«

Sie waren auch Fremde. Nur Fremde liefen an Sommerabenden auf den Straßen herum.

»Nein«, sagte ich. »Wir sind auf der Durchreise.«

Ingo verzog das Gesicht. Er sagte nichts. Die ganze Verantwortung lag auf mir.

Die Blonde sah aus, als wolle sie die Dunkle mit sich

ziehen und gehen. Die Dunkle gefiel mir besser. Vielleicht weil sie nichts gesagt hatte.

»Wollt ihr mit uns eine Runde durch die Stadt drehen? Die Sehenswürdigkeiten anschauen?«

»Habt ihr was zu trinken?«, fragte die Blonde.

»Was?«

»Habt ihr Alk?«

»W… nein.«

»Wir gehen«, sagte die Blonde zu der Dunklen, die immer noch nichts gesagt hatte.

»Wartet.«

»Was?«

»Wartet«, wiederholte ich. »Wir wissen einen Ort.«

Ingo sah mich an.

»Was redest du?«, fragte die Blonde.

»Wir haben einen … Kontakt«, log ich. »Es gibt einen Typen ein Stück vor der Stadt, der verkauft Bier.«

»Was meinst du?«, sagte die Blonde und wandte sich jetzt der Dunklen zu. Die Dunkle zuckte mit den Schultern.

Ich kletterte aus dem Auto und öffnete die Tür zum Rücksitz. »Es ist fünf Kilomenter vor der Stadt.«

»In welche Richtung?«

»Nach Norden.«

»Wie Norden? Ich weiß nicht, wo Norden liegt.«

Ich zeigte es. Das tat ich auch für Ingo, damit er eine Ahnung hatte, wohin er fahren sollte. Ich wusste, dass es ein Stück Richtung Norden eine Abzweigung von der Hauptstraße gab, und die würden wir nehmen und dann würde man weitersehen.

Die Mädchen krochen auf den Rücksitz. Eigentlich hatte ich nicht damit gerechnet. Ingo wandte sich mir zu und ich wusste, dass er mich hinter dem Spiegelglas fassungslos anglotzte. Ich sah nur mein Gesicht, das sich in seinen Brillengläsern spiegelte. In der schräg einfallenden Sonne sah es rot aus.

Wir bogen von der Asphaltstraße ab, und als wir ein Stück weit auf dem trockenen Schotter gefahren waren, fing es an, nach Wald und Wasser zu riechen. Die Mädchen hatten nichts gesagt und ich fand, dass es ein wenig seltsam war, dass sie sich trauten mitzukommen. Wir hätten ja sonst wer sein können. Wir kamen zu einem Dorf. Dort gab es drei Häuser und zwei Scheunen. Ein Hund fing an, in seinem eingezäunten Hof gegenüber von dem größten Haus zu bellen. Das war wie ein Gefühl der Sicherheit, als wäre der Hund da, uns zu beschützen.

»Ist es hier?«, fragte die Blonde.

»Ja«, erwiderte ich und Ingo schaute mich wieder an. »Das Haus dort hinten.« Ich zeigte auf ein verfallenes Holzhaus hinter dem, wo der Hund stand und bellte. Ingo fuhr hin und hielt an, ich stieg aus und ging den Kiesweg hinauf. Wenn jemand aufmachen würde, würde ich sagen können, dass wir uns verfahren hätten und nach der Hauptstraße suchten.

Es gab keine Klingel. Ich klopfte an das Glas in der Tür. Es geschah nichts und so klopfte ich wieder.

»Keiner zu Hause«, sagte ich, als ich wieder am Auto war und mich durch das Fenster zum Rücksitz hineinlehnte.

»Es ist zehn Uhr, was macht man denn hier um diese Zeit, wenn man nicht zu Hause ist?«, fragte die Blonde.

Die einzige Antwort, die ich hatte, war, dass das hier ein Sommerhaus war und dass die Sommergäste noch nicht gekommen waren oder dass sie abgereist waren. Aber das konnte ich nicht sagen.

Es fing an dunkel zu werden. Im Wald war es dunkler als in der Stadt. Plötzlich wollte ich nur noch weg. Ich hatte eigentlich vorschlagen wollen, dass die Blonde sich nach vorn zu Ingo setzen sollte und dass ich mich zu der Dunklen auf den Rücksitz setze, doch jetzt hatte ich alles Interesse verloren. Solange es warm gewesen war, hatte der Schwanz bei diesem Gedanken hochgestanden, aber jetzt war er wieder schlapp. Die Gedanken waren zum Kopf gewandert und der Kopf passte mit dem Rest nicht so recht zusammen. Mir war übel. Es war, als würde da draußen im Wald etwas Schreckliches passieren können, wenn ich mich zu einem der Mädchen setzte.

Ich ließ mich auf dem Beifahrersitz nieder und Ingo fuhr zurück zur Hauptstraße und dann zur Stadt. Das Licht flimmerte über ihr wie eine Kuppel, als wäre sie während unserer Abwesenheit in eine viel größere Stadt verwandelt worden. Die Luft außerhalb des Autos war warm, aber mein Körper war müde. Ich merkte, dass es Ingo genauso ging, denn er sagte überhaupt nichts mehr. Die Mädchen warteten auf den nächsten Schritt. Sie sagten nichts davon, dass sie aussteigen wollten, aber wir blieben wieder an der Kreuzung vorm Domus stehen.

Im Rückspiegel sahen die Gesichter der Mädchen plötzlich schön und von den Schatten dunkel aus, vielleicht enttäuscht.

Als wir nach Hause fuhren, wandte ich den Blick nicht von der Lichtkuppel über der Stadt. Ich sah sie fast den ganzen Weg lang im Rückspiegel, erst als wir auf den letzten fünf Kilometern einen Hügel hinabfuhren, verschwand alles Licht hinter den Bäumen.

Sie waren kürzlich eingezogen. Es war ein älteres Viertel. Die Häuser stammten aus den zwanziger Jahren, mit großen Gärten. Die schmale Einbahnstraße davor wurde gerade mit Tischen voll gestellt.

Er war rausgegangen und hatte zugeschaut. Als die Leute sich ein Stück weiter weg versammelten, begriff er, dass es ein Fest geben würde für die, die in dem Viertel wohnten.

Niemand hatte ihnen etwas davon gesagt, aber es hatte auch nicht viel Gelegenheit dazu gegeben, dachte er.

Sie hatten ihre Sachen reingetragen und waren dann sofort zu ihren Eltern aufs Land gefahren und erst jetzt zurückgekommen.

Er hatte die Idee nicht so gut gefunden, aber sie hatte gemeint, die Alten würden das erwarten. Eine Woche würde doch keine Rolle spielen. Und sie hatten ja vorher nicht wissen können, dass sie das Haus kaufen würden. Trotzdem hätte man einen Zettel über das Fest in ihren Briefkasten werfen können, dachte er und sah eine Familie, die auf der anderen Straßenseite vorbeiging und sich ein wenig entfernt hinsetzte. Verdammt, dachte er und ging zurück ins Haus.

»Da ist irgendein Fest«, sagte er.

»Ja, hab ich auch schon gesehen«, meinte sie und schaute aus dem Fenster.

»Wir sind nicht eingeladen.«

»So ein Fest ist das nicht.«

»Nicht so ein Fest, zu dem wir eingeladen werden?«

»Alle sind eingeladen, wenn ein Nachbarschaftsfest ist, das weißt du ganz genau.«

»Man soll also einfach so kommen?«

»Ich glaube schon.«

»Sie hätten uns eine Einladung geben können.«

»Wieso das denn?«

»Weil wir neu sind.«

»Jetzt sei nicht albern.«

»Verdammt«, sagte er.

»Jetzt reg dich nicht auf. Geh rein zu Pelle«, sagte sie, »dann sehe ich, was ich tun kann.«

»Aber wir können nicht ewig warten. Die Leute fangen ja schon an, sich da draußen zu versammeln.«

»Geh rein zu Pelle«, sagte sie.

Er ging in den Flur zurück und dann in das größte Zimmer des Hauses, doch sein Sohn war nicht da. Aus dem Garten hörte er Stimmen. Er ging durch das Zimmer und trat auf den kleinen Balkon hinaus, der vom Zimmer abging. Das war einer der Gründe gewesen, warum sie das Haus gekauft hatten.

Die Jungs waren hinten an der Hecke zugange und der Sohn rief ihm etwas zu, als er ihn sah.

Er ging hinüber und sah das Kreuz über dem Grab.

»Zack brauchte ein neues Kreuz«, sagte der Sohn.

»Wann habt ihr das denn gemacht?«

»Grade eben.«

»Und wo hast du das Holz her?«

Der Junge zeigte auf das andere Kind, einen kleinen Jungen mit einer Baseballkappe.

»Das hier ist Mårten«, sagte der Sohn, »er hat massenhaft Holz.«

»Wir haben jede Menge auf unserem Grundstück«, sagte der Junge.

»Hast du deinen Papa gefragt?«, erkundigte er sich, doch der Junge schien seine Frage nicht richtig zu verstehen.

»Wir haben jede Menge auf unserem Grundstück, man muss sich nur nehmen«, sagte der Junge, der Mårten hieß.

Das wird ja schön im Winter, dachte er.

»Ist das nicht ein schönes Kreuz, Papa?«

Er antwortete nicht.

»Es ist schön, oder?«, beharrte der Sohn.

»Ja«, sagte er. »Aber jetzt gehen wir ein bisschen auf die Straße und feiern zusammen mit allen Nachbarn.«

»Zack kann nicht feiern«, sagte der Sohn.

»Zack hat es gut hier.«

»Wie kann man es gut haben, wenn man tot ist?«, fragte der Sohn und er wusste nicht, was er darauf antworten sollte.

»Meine Mama und mein Papa sind da«, sagte der Junge und warf seinen Arm herum, als würde er um das Haus herum zeigen.

»Wir gehen jetzt auch dorthin«, sagte er.

»Sie haben sich gefragt, wer hier wohl eingezogen ist.«

»Wir sind eingezogen«, sagte er.

Die Sonne versank hinter den Einfamilienhäusern, als sie herauskamen. Die Hälfte der Straße war angestrahlt, und die andere Hälfte hatte ihre Farben verloren. Dazu gehörte auch der Teil, der sich vor ihrem Haus befand, und sie setzten sich dorthin. Es lag ein mattes Licht über ihnen, das die Farben in den Kleidern der Leute intensiver leuchten ließ, als wäre das, was hierher gebracht wurde, deutlicher zu sehen. Vielleicht sind das auch nur meine Augen, dachte er.

Sie hatten sich vorgestellt.

Er fand nicht, dass sich die Leute unbedingt anstrengten, zurückzugrüßen.

Ja, so ist es wohl, dachte er. Man ist sich selbst genug. Wenn man etwas älter wird, ist es nicht mehr so wichtig, andere kennen zu lernen. Es gibt nicht mehr so viel, was man von anderen lernen könnte. Das Wichtigste ist, für sich selbst erreichbar zu sein, wenn man sich braucht.

Er goss Lena etwas Wein ein und fragte die Frau rechts von ihm, ob sie auch etwas wollte. Ihr Glas war leer. Ein Mann auf der anderen Seite des Tisches sah ihn an, sagte aber nichts. Die Frau nickte.

Der Mann gegenüber goss Wein in sein Glas. »Prost«, sagte der auf der anderen Seite und erhob sein Glas, das ein wenig wackelte und überschwappte.

Er sah, dass der Mann halb betrunken war. Ist das

hier eine Straße mit Säufern?, fragte er sich. Die Stimmen rundherum waren sehr laut. Er fröstelte. Dafür, dass es noch so früh im August war, war es ein kühler Abend. Aber vielleicht ist das ja normal hier oben, dachte er. Das Haus liegt auf einer Anhöhe, ringsherum ist es grün und die Temperatur ist hier niedriger als in der Stadt.

Die Kinder liefen an dem langen Tisch entlang. Sein Sohn saß still zwischen ihm und seiner Frau. Jetzt stand der Sohn auf und ging zusammen mit dem Jungen, der Mårten hieß, weg.

Er sah, dass der Mann gegenüber sich vorbeugte, um etwas zu seiner Frau zu sagen, er verstand aber nicht, was es war.

Danach stand der Mann auf und verließ den Tisch.

»Was war denn?«

Er lehnte sich zu seiner Frau hinüber und murmelte die Frage fast. Fällt mir denn nichts Besseres ein, als solch eine Frage zu stellen?, dachte er bei sich.

»Wieso?«

»Der gegenüber hat doch etwas zu dir gesagt.«

»Er hat nur willkommen gesagt.«

»Zu dir persönlich?«

»Aber sicher.«

»Er schien nicht gerade nüchtern zu sein.«

»Nein, vielleicht nicht.«

»Er war nicht nüchtern.«

»Schließlich wird hier gefeiert«, sagte sie.

Verdammt, dachte er, nahm einen Schluck Wein und erhob sich dann.

»Entschuldigung«, sagte er zu der Frau neben sich und zu einem Mann auf der anderen Seite, verließ den Tisch und ging ein paar Schritte weg und auf sein eigenes Grundstück.

Er ging ins Haus, holte den Whiskey heraus und trank direkt aus der Flasche, zuerst einen Schluck und dann noch einen. Es brannte in der Brust und er wartete, bis sich die Wärme verflüchtigt hatte. Dann ging er wieder hinaus.

Von der Rückseite des Hauses hörte er Stimmen, und als er herumging, sah er, dass der Sohn und sein neuer Kumpel dort standen, zusammen mit dem Mann, der ihm gegenübergesessen und mit seiner Frau geredet hatte.

Sie standen und schauten auf das Kreuz und drehten sich um, als sie ihn kommen hörten.

»Dazu wird also mein Holz benutzt«, sagte der Mann, der Probleme hatte, das Gleichgewicht zu halten. Er riss sich zusammen, ging dann auf ihn zu und hielt ihm die Hand entgegen.

»Lennart Vejde. Zwei Häuser weiter von hier Richtung Hügel. Die Jungs haben sich ja schon kennen gelernt.«

»Ja«, sagte er und drückte die Hand, »hier auch Lennart.«

»Sieh mal einer an. Ja, herzlich willkommen.«

»Danke.«

»Das hier ist ein gutes Viertel.«

»Hm.«

»Es ist rein und sauber.«

»Ja …«

»Wir halten es sauber.«

»Ja …«

»Man könnte sagen, dass wir es gesäubert halten.«

»Jetzt komme ich nicht ganz mit.«

»Gesäubert.«

»Es ist auf jeden Fall ein sauberes und schönes Viertel.«

»Das meine ich nicht damit.«

Er sagte nichts, er sah den anderen eine Bewegung ins Dunkel machen. Die Jungen waren gegangen, das Kreuz auf dem Grabstein vor der Hecke wirkte in der Dämmerung sehr weiß und schien fast von selbst zu leuchten.

»Wir sind zufrieden damit, was für Leute hier wohnen.«

»Da muss man sich ja geehrt fühlen«, sagte er, aber der andere schien ihn nicht zu hören.

»Sie verstehen ja wohl, was ich meine.«

»Ich weiß nicht, ob ich das tue.«

»Ich sage nichts mehr«, sagte der andere und ging auf die Vorderseite des Hauses zu, zurück zu dem Fest draußen auf der Straße. Das Stimmengewirr war in der Dunkelheit deutlicher geworden.

»Warten Sie.«

Der andere war stehen geblieben. »Sind Sie so einer?«, fragte er.

»Jetzt mal immer mit der Ru…«

»Mit so einem kann man nicht reden. Sie sind hier falsch«, sagte der Mann und machte einen Schritt zur

Seite, fing sich aber und ging dann weiter um die Hausecke herum.

Es war kühler geworden. Er verschwand im Haus, holte einen Pullover und zog ihn sich über. In der Küche trank er noch einen kleinen Schluck Whiskey. Ich darf nicht besoffen werden, dachte er.

Dann ging er hinaus zum Tisch zurück und setzte sich. Seine Frau sprach mit einer Frau, die gegenüber saß. Er sah, dass der Mann, der auch Lennart hieß, zum Tisch zurückgekommen war und sich da hingesetzt hatte, wo er vorher gesessen hatte. Er sagte nichts, er schaute nicht in seine Richtung.

Der verdammte Typ sprach mit einem anderen Mann. Er glaubte nicht, dass sie über ihn sprachen. Oder sie sind gut darin, es zu verbergen, dachte er.

Er lehnte sich zu seiner Frau hinüber.

»Der da ist so eine Art Rassist«, sagte er leise.

»Was? Wer?«

»Der da, der was zu dir gesagt hat und dann wegging. Er war mit seinem Jungen drinnen auf unserem Grundstück und ich habe mit ihm geredet.«

»Hm.«

»Er hat sich benommen wie einer von der Bürgerwehr.«

»Quatsch.«

»Quatsch? Das denke ich mir nicht aus.«

»Bürgerwehr?«

»Er hat davon geredet, dass das hier ein sauberes Viertel sei und dass man Leute, die er ›so welche‹ nannte, nicht verstehen könne.«

»Er war wohl etwas betrunken.«

»Das ist es aber nicht. Und außerdem ist das auch keine Entschuldigung.«

»Dann rede einfach nicht mit ihm. Wahrscheinlich hat er morgen alles vergessen oder du wirst irgendwann noch mehr erfahren.«

»Beunruhigt dich das nicht?«

»Also, im Moment jedenfalls nicht. Können wir es nicht einfach mal ein bisschen nett haben? Wir sind hier auf einem Fest. Vielleicht hat er von Immobilienmaklern geredet«, sagte sie und lachte und wandte sich der Frau zu, mit der sie geredet hatte, ehe er sie unterbrochen hatte.

Er erhob sich, ging ein Stück den Tisch entlang und setzte sich auf einen freien Stuhl. Am besten, er brachte es gleich hinter sich.

»Ich bin neu hier.«

»Hallo.«

»Hallo.«

»Herzlich willkommen.«

»Wir sind in das gelbe Haus eingezogen«, sagte er.

»Das hat ja nicht lange leer gestanden.«

»Nein. Wir hatten wohl Glück.«

»Ja, man hat Glück, wenn man hier ein Haus bekommt«, sagte der Mann ihm gegenüber.

»Ja, scheint so.«

»Hier herrscht Ordnung«, sagte der Mann und die anderen nickten und eine der Frauen zeigte auf die Straße, als würde sich ihr Finger bis zur Stadt hinunterwinden.

»Wir verstehen einander hier«, sagte sie.

»Ein gegenseitiges Verständnis«, sagte die andere Frau.

»Was ist damit gemeint?«, fragte er. »Dass sie einander verstehen. Was heißt das?«

»Dass wir gute Nachbarn sind«, sagte der Mann.

»Dieser Spruch ›hier herrscht Ordnung‹ gefällt mir nicht«, sagte er. »Ich finde nicht, dass man diesen Ausdruck verwenden sollte.«

Keiner der anderen sagte etwas.

»Das ist schon das zweite Mal heute Abend, dass ich so etwas höre«, sagte er. »Ich möchte mal wissen, wo ich hier gelandet bin.« Er lehnte sich nach vorne zu dem Mann gegenüber.

»Da müssen Sie sich nur umsehen«, antwortete der Mann.

Er sah sich um, und als er den Kopf drehte, merkte er, dass er mehr Alkohol getrunken hatte, als er dachte oder als er gemeint hatte trinken zu können, ohne dass er es spürte oder man es ihm anmerkte. Es ist nicht gut, direkt aus der Flasche zu trinken, dachte er. Sie sehen, dass ich getrunken habe. Verdammter Mist.

Die Menschen saßen im Halbdunkel, er konnte nur Teile ihrer Gesichter sehen, weil die Teelichter auf den Tischen nicht sonderlich viel Licht spendeten. Er hörte, dass der Geräuschpegel gestiegen war, und wusste, dass das daran lag, dass sie Alkohol getrunken hatten.

Vielleicht merken sie nichts. Ich wünschte, wir wären nicht rausgegangen. Das ist einfach nur diese verdammte Angst, ausgeschlossen zu werden. Wie kann man von

Leuten ausgeschlossen werden, die man nicht einmal kennt? Jetzt wird es schwer werden, hier Fuß zu fassen. Das hier ist eine Straße, in der gemobbt wird. Gibt es denn keinen Ort, wo die Leute einfach nett sind?

»Ich habe mich umgesehen«, sagte er, aber niemand beachtete ihn mehr.

Er beugte sich zu dem Mann gegenüber.

»Ich habe mich umgesehen.«

»Das war ja wohl nötig«, sagte der Mann.

»Was?«

»Ein Schluck frische Luft«, sagte der Mann. »Woher kommen Sie?«

»Aus dem Slum.«

»Der ist groß«, sagte der Mann.

»Für euch ist das wahrscheinlich alles, was unterhalb des Berges liegt«, sagte er, erhob sich und ging zu seinem alten Platz zurück. Seine Frau saß nicht mehr dort. Er schaute sich um, sah sie aber nirgendwo. Die Jungen waren auch nicht zu sehen.

Er erhob sich wieder und ging durch das Tor zum Haus. Er hörte Stimmen hinter dem Haus, ging um die Ecke und dort standen die Jungen und zeigten Lena das Grab.

»Hast du das schon gesehen?«, fragte sie.

»Ja, vorhin.«

»Es ist gut geworden«, meinte sie.

»Jetzt ist Zack auch eingezogen«, sagte der Sohn.

Von vorn hörte man das Fest wie das Summen einer Hummel. Er legte den Kopf in den Nacken und sah ein Flugzeug im Landeanflug auf den Flugplatz im Norden der Stadt, die blinkenden Lichter als Codemitteilungen an die Erde. Die Immobilienmakler des Himmels bewachen ihre Interessen, dachte er. So nah wie hier war er dem Himmel nie gewesen. Das war ein weiterer Grund, warum sie das Haus gekauft hatten.

»Lass uns reingehen«, sagte er.

»Willst du nicht mehr mit unseren neuen Nachbarn zusammen sein?«

Er antwortete nicht. Sie gingen ins Haus hinein und sie begleitete die Kinder ins obere Stockwerk. Er saß in der Küche und trank etwas Whiskey aus einem Glas.

»Jetzt trink mal nichts mehr«, sagte sie, als sie wieder runtergekommen war, sich neben ihn gestellt und eine Hand auf seine Schulter gelegt hatte.

»Nein.«

»Bist du nicht gut drauf?«

»Es war einfach zu viel Neues.«

Sie antwortete nicht. Er hörte lautes Lachen von der Straße her.

»Kannst du nicht das Fenster zumachen?«

»Du bist wirklich nicht gut drauf«, sagte sie.

»Es war zu viel auf einmal«, sagte er. »Man ist schon erschöpft, wenn man nur einen Brief von der Bank aufgemacht hat.«

»Davon wird man wirklich erschöpft.«

»Du weißt ja, was ich meine.«

»Musst du immer alles auf dich nehmen? Du übernimmst für alles Verantwortung, als ob du nicht … als ob du nicht ein Teil dieser Familie wärst. Als ob es mich nicht gäbe … wir arbeiten hier doch zusammen.«

»Ja.«

»Du musst dich nicht so allein fühlen.«

»Nein, ich weiß«, sagte er.

»Willst du nicht noch ein wenig rausgehen?«

»Willst du?«

»Nein, lieber nicht. Und Pelle ist dabei ins Bett zu gehen.«

»Ich will nicht«, sagte er und er wünschte, dass sie niemals die verdammte Anzeige gesehen hätten, dass sie noch in der Wohnung wohnen würden und das alles hier nie geschehen wäre.

Er schloss das Fenster und sie saßen im Dunkel der Küche. Die Dunkelheit ist irgendwie zu aufdringlich, dachte er.

»Das ist eine ungewohnte Dunkelheit hier«, sagte er.

»Ja.«

»Wenn man lange an einem Ort gewohnt hat, dann kennt man seine Dunkelheit, aber hier ist das anders.«

»Ja, das stimmt.«

»Es ist anstrengend umzuziehen«, meinte er.

»Es gibt Schlimmeres.«

»Wie zum Beispiel die Bürgerwehr«, sagte er und sie lächelte.

»Irgendwas ist komisch hier«, sagte er.

»Nicht nur die Dunkelheit?«

»Die Leute mit so einer verdammten Rechtslastigkeit haben nie Probleme damit, es rundheraus zuzugeben. Ist dir das schon mal aufgefallen? Einfach raus damit. Mit der ganzen Arroganz der Dummheit.«

»Ist das hier so?«

»Ich weiß nicht recht, wie ich das interpretieren soll, aber ich habe schon ein paar seltsame Kommentare gehört.«

»Wenn das so ist, dann ist es natürlich seltsam.«

»Warum sollte es nicht so sein, wie ich es sage.«

»Ich glaube dir.«

»Ja.«

Das kennt man ja gar nicht«, sagte sie, »dass so etwas genau neben einem stattfindet.«

»Nicht auf diese Art und Weise.«

Sie saßen einander gegenüber und er hörte Pelle rufen. Er stand auf, ging zu dem Jungen rauf und steckte die Decke um ihn fest.

»Ich denke an Zack«, sagte der Sohn.

»Das tue ich auch.«

»Er fehlt mir.«

»Mir auch.«

»Ist er wirklich mit uns hierher gekommen? Ist Zack noch bei uns?«

»Natürlich«, sagte er, war sich aber nicht sicher. Das Grab war dort unten, aber was das andere anging, war er nicht so sicher.

»Gute Nacht, Papa«, sagte der Sohn, legte sich auf die rechte Seite und sah gegen die Wand.

Ehe er das Licht ausmachte, schaute er noch einmal zu seinem Sohn, der lag immer noch in derselben Stellung.

»Lass die Tür offen«, sagte der Sohn.

»Na klar.«

Er ging wieder hinunter und setzte sich an den Tisch.

Seine Frau saß noch dort. Sie hatte das Fenster geöffnet und er hörte nur die Geräusche der Nacht von draußen. Er trat ans Fenster, lehnte sich hinaus und sah auf die einsame Straße draußen vor dem Haus.

Die Tische waren hereingeräumt. Ein paar Papiere lagen noch dort und der Wind trug sie den Hügel hinab. Die Luft war kühl und er ließ das Fenster offen stehen und kehrte zum Tisch und zum Stuhl zurück. Lange saßen sie schweigend dort und lauschten auf den Wind.

Sie saßen immer am selben Tisch und ich saß auf einem Stuhl bei der Jukebox. Sie kamen nach der Arbeit, blieben ungefähr eine Stunde und gingen dann, um eine Runde zu fahren. Danach kamen sie wieder. Ich erhielt eine Hand voll Münzen von ihnen und spielte ihre Musik. Einer von ihnen sagte wieder und wieder, ich solle *Some Day We're Gonna Love Again* von den Searchers spielen. Das war Anfang August. Meine Eltern waren für Kaffee und Kuchen verantwortlich. Meine Mutter kam mit dem Kaffee herein, und wenn sie sich über den Tisch beugte, dann geschah es manchmal, dass einer von ihnen über ihren Arm streichelte, und sie lächelte und machte eine Bewegung, als würde sie eine Fliege verjagen, die sich dort hingesetzt hätte. Der sie berührt hatte, sah mich dann an und blinzelte mir zu, nachdem sie gegangen war.

»Ganz schön flott, deine Mutter.«

Ich stand auf, drehte ihm den Rücken zu und drückte auf die Knöpfe der Jukebox.

»Jetzt spielt er das schon wieder!«, sagte der andere.

»Das ist mein Song.«

»Aber wir haben den doch schon …«

»Das ist mein Song«, sagte er und ging aus dem Zimmer. Ich hörte ihn mit meiner Mutter reden. Mein Vater war an den Abenden niemals da, denn er musste morgens früh aufstehen, um zu backen. Ich hörte meine Mutter lachen.

Ich hing immer da rum, auch wenn ich mich wegsehnte. In jenem Sommer saß ich fast jeden Abend auf dem Stuhl bei der Jukebox. Schon bald begann ich sie zu hassen. Ich hasste die Stühle und die Tische und die Menschen, die von der Straße hereinkamen. Ich hasste den Sommer.

Manchmal trat ich auf die Veranda hinaus und spürte die Sonne im Gesicht. Sonne gab es immer in jenem Sommer. Die Straße ging damals mitten durch den Ort und sie verlief direkt bei der Veranda, auf der ich stand. Es kamen viele Menschen durch unseren Ort. Ich musste immer denken, dass viele, die im Land wohnten, hier durchreisten, weil es einfach auf der Strecke lag. Es blieben immer Autos vor dem Café stehen. Auf der Rückseite hatten wir auch einen Ausschank, doch dorthin ging ich niemals.

»Willst du nicht schwimmen gehen?«, fragte meine Mutter, als ich wieder hereinkam. Das war wie ein Ritual, das sich den ganzen Sommer lang wiederholte. Sie sagte das und ich antwortete mit einem Nein und blieb neben der Jukebox sitzen, bis sie weggefahren waren. Bis er weggefahren war. Er saß so lange dort, bis es Zeit war zu schließen. So ging es fast jeden Abend.

In der dritten Augustwoche war es abends dunkel, wenn meine Mutter abschloss. Er kam jetzt allein. Ich wusste nicht, wo der andere war, und ich fragte nicht. An diesem Abend sagte ich, dass ich nach Hause gehen würde, doch ich wartete draußen auf der anderen Straßenseite unter einem Ahorn. Ich stand im Dunkeln. Ich sah sie zusammen kommen und meine Mutter stieg in sein Auto. Ich sah, wie sie sich eine Zigarette anzündete, als sie im Auto saß. Er strich ihr über den Nacken und sie ließ ihn das tun. Mein Herz schlug schwer in der Brust. Ich schlug die Fäuste auf die Rinde des Baumes.

Er fuhr nach Westen, die untergehende Sonne im Gesicht. Ich bin auf dem Weg ins Paradies. Die Straßen dorthin sind besser geworden.

Die Straße bog nach Süden ab und die Sonne verschwand hinter den schwarzen Bäumen rechts von ihm. Er nahm die Sonnenbrille ab. Er drückte die Kassette in den Kassettenrekorder und die Musik leistete ihm Gesellschaft, bis er auf den Parkplatz der Raststätte fuhr und sich in die Schlange an der Cafeteria einreihte.

Ein Arbeitsleben mit Unterbrechungen in den Cafeterien am Wegesrand, dachte er, als er seinen Kaffee bekommen und bezahlt hatte und sich an einem der Tische mit Aussicht über den Parkplatz und die Straße und den See weiter unten niedergelassen hatte. Die Autos fuhren zu schnell. Er konnte das sehen. Eine einzige Bewegung, die nicht dorthin gehörte, und es würde eine Katastrophe geben.

Ich frage mich, warum es in den Raststätten am Wegesrand immer so still ist. Er schaute auf und sah geradeaus. Es ist, als würden sich die Menschen schämen, dass sie unterwegs sind. Sie sind nur vorübergehend weg, sie sind nicht zu Hause und nicht bei jemand anders, sondern im Niemandsland des Reisenden, das ohne Worte auskommt und meist aus Überdruss und Warten besteht.

Draußen brach der Himmel auf und plötzlich war überall Licht. Es war, als würde alles viel deutlicher werden, wenn er die Motoren draußen nicht mehr hören konnte.

Sie hatte zwei oder drei Tische von ihm entfernt gesessen und jetzt stand sie an der Ausfahrt. Er erkannte sie sofort wieder. Sein Leben bestand aus Straßen und Gesichtern. Sie hob die Hand und machte eine Bewegung mit dem Daumen. Er hielt an und blendete auf. Sie ging zum Auto, er beugte sich über den Beifahrersitz und öffnete die rechte Vordertür.

Er war zehn Kilometer weit gefahren, sie hatte nichts gesagt und er fand das angenehm. Sie ist sehr jung, dachte er. Man sieht nicht mehr viele Anhalter auf den Straßen. Das kann gefährlich sein. Heute noch mehr als früher.

»Man sieht nicht mehr viele Anhalter«, sagte er.

Sie antwortete nicht, doch er sah, dass sie nickte.

»Fahren Sie oft per Anhalter?«

»Wenn ich kein Geld habe.«

»Es liegt wahrscheinlich an den Schnellstraßen.«

»Was?«

»An den Schnellstraßen um die Städte herum. Es ist schwer, an den Auffahrten mitgenommen zu werden.«

»Ich bin noch nicht so oft per Anhalter gefahren.«

»Reisen sie viel?«

»Was?«

»Die jungen Leute reisen heutzutage doch ziemlich viel, oder?«

»Ich würde gern mehr verreisen«, sagte sie.

»On the road«, sagte er.

Sie antwortete nicht. Sie findet, dass ich ein alter Knacker bin, und sie hat vollkommen Recht, dachte er.

Sie fuhren durch die Außenbezirke einer Stadt, wo die Häuser geschützt von der Straße lagen. Sie waren gebaut worden, ehe die Umgehungsstraße angelegt worden war, aber die Stadtplaner hatten Rücksicht auf die Menschen genommen. Ich habe schon anderes gesehen. Es gab Häuser, die von Asphaltkochern umringt wurden, als ob eine mittelalterliche Gesellschaft um die Häuser herum ihr Lager aufgeschlagen hätte. Ich habe die Entwicklung gesehen und ich gehöre zu denen, die am meisten Schuld daran haben.

Als er langsamer fuhr, hatte sie das Fenster heruntergekurbelt und der Wind spielte mit ihrem Haar. Der Wind war warm, sogar bei siebzig Stundenkilometern.

»Was machen Sie?«, fragte sie plötzlich.

Er fühlte sich von der Frage ein wenig überrumpelt.

»Was arbeiten Sie?«

»Ich reise und verkaufe«, sagte er.

»Sie reisen und verkaufen«, wiederholte sie.

»Ja. Ein Handlungsreisender, wie man so sagt.«

»Ich dachte, das gäbe es gar nicht mehr.«

»Ich bin einer der letzten.«

Sie sagte nichts.

»Tatsache ist, dass das hier meine letzte Woche ist.«

»Oh«, sagte sie.

»Last leg of journey.«

«Haben Sie in England oder Amerika oder so gearbeitet?«

»Nein.«

»Es ist schon das zweite Mal, dass Sie etwas auf Englisch sagen.«

»Ich verkaufe englische Bücher«, sagte er. »Nicht nur englische Bücher, aber vor allem englische, außerdem Lexika und wissenschaftliche Werke. Ich bin jetzt seit fünfundvierzig Jahren Vertreter für Bücher.«

»Und das hier ist Ihre letzte Woche? Wie fühlt sich das an?«

»Ich weiß nicht.«

»Was werden Sie danach machen?«

»Ich weiß es wirklich nicht«, sagte er. »Vielleicht werde ich diese verdammten Bücher, die ich versucht habe, an die bildungshungrige Allgemeinheit zu verkaufen, mal lesen.«

Sie lachte.

Er fuhr eigentlich immer ein wenig schneller, als erlaubt war, aber jetzt nicht. Er musste auf die rechte Spur fahren, um die vorbeizulassen, die so fuhren, wie er es sonst zu tun pflegte. Er war es nicht gewohnt, zu fahren und gleichzeitig zu reden. Ich habe verdammt noch mal noch nie einen Anhalter mitgenommen. Fünfundvierzig Jahre on the road und nie einen Anhalter mitgenommen.

Die Straße wand sich wieder gen Westen und die Sonne stach ihm in die Augen. Er griff nach der Sonnenbrille. Im Gegenlicht wurde die Straße ein Teil der Landschaft.

»Es sind die Straßen, die ich vermissen werde«, sagte er. »Den Kontakt mit den Kunden werde ich nicht vermissen.«

»Nein.«

»Ich rede hier nicht nur von der Oberfläche der Straße, auch wenn die natürlich wichtig ist. Aber es ist alles, was dazu gehört«, sagte er. »Wenn man lange genug auf der Straße war, wenn man so lange Vertreter war wie ich, dann macht es einen kribbelig, wenn sich ein Kundenbesuch etwas länger hinzieht.«

»Sie sind ein Poet der Straße geworden«, sagte sie.

»Ich bin ein alter Mann geworden, der zu viele Kilometer zurückgelegt hat.«

»Sie haben viel gedacht, haben aber nie darüber geredet.«

Er antwortete nicht.

»Warum nicht?«

Er sagte nichts.

»Haben Sie keine Familie?«

»Nein.«

Er fuhr noch weitere zwei Kilometer, ohne etwas zu sagen, bog dann bei einer Tankstelle ab und parkte vor der Cafeteria.

»Auf die Toilette gehen«, sagte er. »Das ist etwas, was mit dem Alter kommt.«

»Ich muss auch.«

Als er zurückkam, wartete er auf sie. Sie kam mit einem Stück Schokolade und sie teilten sich die Schokolade vor dem Auto. Junge Frauen können essen, soviel sie wollen, dachte er, aber es scheint nicht viele zu geben, die das ausnutzen.

»Sie müssen eine ganze Menge Zeit auf Tankstellen verbracht haben«, meinte sie.

»Ja.«

»Ich finde, dass sie durchaus schön sein können«, sagte sie. »Es gibt eine ganz besondere Ästhetik, im Zusammenhang mit Tankstellen.«

»Wie alles andere haben auch die Tankstellen ihre Persönlichkeit verloren«, sagte er. »Sie haben ihre letzten Besonderheiten verloren und sehen alle gleich aus, genau wie die Autos, die alle so aussehen, als seien sie geklont.«

»Aber es gibt doch sicher noch ein paar Perlen, oder?«

»Ja.«

»Sie müssten die doch kennen.«

»Wenn Sie Zeit haben, können wir sie besichtigen«, sagte er. »Ich habe viel Zeit, zumindest ab nächste Woche. Aber es würde ein paar Monate in Anspruch nehmen.« Er leckte etwas Schokolade von seinem linken Zeigefinger. »Die Perlen sind dünn gesät.«

Ein Auto wurde an ihnen vorbeitransportiert, vor der Werkstatt runtergelassen und in die Dunkelheit der Werkstatthalle gerollt. Die Passagiere warteten wie eine Begräbnisgesellschaft draußen vor der Tür.

»Als ich auf der Straße anfing, machte die Zentralschmierung den Unterschied zwischen Bewegung und Stillstand aus«, sagte er nach einer Weile.

»Ja klar«, meinte sie und lächelte.

»Ölfilter gehörten damals so gut wie nie zur Grundausstattung. Das hieß, dass man das Motorenöl alle 1500 Kilometer austauschen musste, und wollte man, dass das Auto noch länger fuhr, dann absolvierte man viele Besuche beim Schmierdienst.«

»Hm.«

»Die Autos waren einfach dafür gebaut, dass man sie pflegte und oft überholte«, sagte er. »Und das zeigt ganz gut, wie die Gesellschaft damals beschaffen war und wie sie heute ist. Pflegte man den Wagen nicht, dann wurde das Fahrgestell unwuchtig. Ein Auto in den fünfziger Jahren hatte ungefähr fünfundvierzig Schmiernippel, an denen es alle 1500 Kilometer mit Chassisfett geschmiert werden musste.«

»Da muss es ja ziemlich viele Schmierdienste gegeben haben.«

»Das waren die Leute, die die Sache am Laufen hielten.«

Die Begräbnisgesellschaft vor der Werkstatt bewegte sich Richtung Cafeteria. Die haben nicht vor, hier zu bleiben. Das Leben ist voller Überraschungen, wenn man unterwegs ist, dachte er.

»Jedes Auto hatte einen Schmierplan mit den notwendigen Informationen«, sagte er. »Das war wie die Karteikarte beim Arzt.«

»Sie fahren nicht sonderlich schnell«, sagte sie, nachdem sie ein paar Minuten Richtung Sonnenuntergang unterwegs gewesen waren.

»Das ist nur jetzt so.«

»Fahren Sie sonst schneller? Das passt nicht zu dem, was Sie erzählen.«

»Nein.«

»Ihre Tankstellen werden im Vorbeifahren zu verwischten Bildern«, sagte sie, »jedenfalls die, die es noch gibt.«

»Das ist heute etwas anderes.«

»Wie denn das?«

»Früher gab es keine breiten Randstreifen in der Landschaft.«

»Das verstehe ich nicht.«

»Die neuen Straßen bewirken vielleicht, dass wir schneller vorwärts kommen, doch die Landschaft wird, wenn wir vorbeifahren, lediglich zu einem Umriss und das beeinflusst uns, es hat mich beeinflusst und am Ende fahre ich einfach nur noch drauflos.«

»Es wird nicht leicht für Sie werden, in den Ruhestand zu gehen.«

Die Umrisse vor dem Fenster des Autos erschienen ihm deutlicher als sonst, weil er diesmal langsamer fuhr. Im Dunkel hinter dem Wildzaun konnte er eine kleine Gruppe Sommerhäuser sehen, die aussahen, als stünden sie zufällig dort. Ein Ferienort auf dem Weg nach Westen, zu den Menschen an der Küste. Er war schon an vielen solcher Gruppen von Sommerhäusern vorbeigefahren. Wie eine etwas heruntergekommene

Familie sahen sie aus. Ich habe noch nie Leute vor ihnen gesehen, es sieht nicht so aus, als ob irgendjemand dort Frieden findet. Vielleicht früher, ehe die Straße dort war, aber jetzt machen sich die Hütten selbst auf den Weg.

»Eine Zeit lang hatte ich einen Hund, aber das ging ja nicht«, sagte er.

»Haben Sie heute keine Besuche zu machen?«, fragte sie.

»Sie meinen, ob ich heute irgendwelche Bücher verkaufen muss?«, fragte er. »Ob ich Hausbesuche habe?«

»So heißt es wohl.«

»Ich hatte erwogen, Leute in dem Ort zu besuchen, an dem wir vor einer Weile vorbeigefahren sind.«

»Ich will Sie nicht von der Arbeit abhalten.«

»Das tun Sie auch nicht«, erwiderte er.

»Was passiert, wenn Sie an einer Stelle, wo Sie etwas verkaufen sollten, nichts verkaufen? Es muss doch eine Art Plan geben, den Sie einhalten müssen.«

»Noch schlimmer«, sagte er. »Es gibt eine Verschwörung, die davon ausgeht, dass jeder Mensch ein Lexikon über Fußball in seinem Haus haben muss.«

»Über Fußball?«

»Als ich mich selbst dazu durchrang, achtzigjährigen alten Frauen Tabellen aufzudrängen, die bis in die kleinste Regionalliga herunterreichten, wurde mir klar, dass ich ein Teil dieser Verschwörung geworden war«, sagte er.

»Und was haben Sie dann gemacht?«

»Ich finde, dass die Menschen das Recht auf freie Wahl haben, wenn es um Bildung geht, und ich werde ihnen nichts aufzwingen, was sie nicht haben wollen.«

»Dann sind Sie wahrscheinlich ein mieser Verkäufer«, sagte sie.

»Ich bin ein besserer Reisender als ein Verkäufer.«

»Und trotzdem haben Sie in diesem Job überlebt.«

»Fünfundvierzig Jahre lang«, meinte er.

»Und jetzt ist Schluss.«

»Ich habe meine Erinnerungen«, sagte er und hielt von links nach rechts Ausschau nach Wild, denn die Dämmerung fiel und der Wildzaun war hier zu Ende. Er sah den Rücken eines Rehs, das vor dem Straßengraben umkehrte, das Tier lief mit schwingenden Bewegungen unter dem Blattwerk davon. Die Sonne war ein winziger Rest Feuer, tausend Meilen westlich.

»Was machen Sie selbst denn?«, fragte er.

»Hier geht es um Sie«, erwiderte sie.

Auf die Dämmerung folgte schnell die Dunkelheit. Es gibt ein paar Wochen im August, wo Licht und Dunkel sich so verhalten wie in den Tropen, dachte er. Sie folgen so dicht aufeinander, dass das eine das andere plötzlich übernimmt. In der Morgen- und in der Abenddämmerung gibt es einen Überraschungseffekt, den wir gar nicht richtig wahrnehmen. Wenn man gegen die Dunkelheit ankämpfen will, dann sollte man es jetzt tun, wo der Übergang nicht so lange dauert.

All die vielen Dämmerungen, durch die ich gefahren bin. The end of the day. Jetzt fahre ich in die Dämmerung des Lebens. Vielleicht werde ich bald abends herumfahren wie all die verzweifelten Menschen, die in all den Kleinstädten wohnten, in denen ich übernachtet habe. Diese Porzellanaugen hinter den Sonnenbrillen.

»Und woher kommen Sie?«, fragte er.

»Meinen Sie, wo ich geboren bin, oder wo ich jetzt wohne?«

»Nehmen Sie, was Ihnen am besten passt.«

»Dann kann ich nicht antworten.«

So jung und so traurig, so leidend, dachte er. Ich werde die Sache jetzt nicht noch schlimmer machen, indem ich sage, dass sie das ganze Leben noch vor sich hat. Das ganze verdammte Erwachsenenleben hast du vor dir, Mädchen. Freue dich an deinem jungen Leiden.

»Das Leben ist nicht immer eine Wanderung auf einem Nagelbrett«, sagte er.

»Wer hat das behauptet?«

»Ich hatte nur den Eindr…«

»Nur weil ich jung bin, heißt das nicht, dass ich immer unglücklich bin«, sagte sie. »Das ist ein Missverständnis, das die moderne Gesellschaft hervorgebracht hat.«

»Gut«, sagte er.

»Ich freue mich auf das Leben«, sagte sie.

»Gut.«

»Vielleicht werde ich Sie ersetzen«, sagte sie. »Vielleicht werde ich Sie bitten, mir zu zeigen, wie man es in dieser Branche zu etwas bringt.«

»Haben Sie einen Führerschein?«

»Braucht man den?«

»Machen Sie keine Witze mit einem alten Mann«, sagte er und vielleicht lächelte er auch. Dann beugte er sich vor und schob die Kassette in den Rekorder.

»Das ist schön«, sagte sie.

»Es handelt von einem Schmetterling«, sagte er.

Sie kamen erst nach neun Uhr an und die Lichter der Stadt ließen die Straßen glitzern. Er fuhr zum Hotel und parkte davor auf dem kostenfreien Parkplatz. Die Terrasse war voller Menschen, die in der warmen Dunkelheit tranken. Er spürte den Schweiß auf dem Körper, als er aus dem Auto stieg, und er fand, dass sie in dem scharfen Lichtschein von der Lampe oberhalb des Hoteleingangs sehr müde aussah.

»Darf ich morgen mit Ihnen zum Meer fahren?«

»Ja, natürlich«, antwortete er. »Da bin ich zu Hause.«

»Es wird Ihr letzter Tag sein«, sagte sie.

»Das hier ist meine letzte Nacht«, erwiderte er. Er schaute sich etwas unbestimmt um. »Ich bin in einem Ort nur wenige Meilen entfernt von hier aufgewachsen.« Er sah sie wieder an. »Wenn ich mir erlauben darf, Sie zu einem Hotelzimmer einzuladen, dann können wir etwas später heute Abend hier auf der Terrasse etwas essen.«

Sie antwortete nicht.

»Das tue ich natürlich aus rein egoistischen Gründen«, sagte er. »Aber vielleicht nicht ganz so, wie Sie meinen. Die letzte Nacht, oder zumindest den letzten Abend, sollte man ja nicht allein dasitzen, wenn es vermeidbar ist.«

»Ich glaube, dass Sie ein anständiger Mann sind«, sagte sie. »Aber würde es nicht besser sein, heute Abend allein zu sein? Sie sind in der ganzen langen Zeit allein auf der Straße unterwegs gewesen. Das ist doch nicht ganz in Ordnung ...«

»Lassen Sie mich die Verantwortung für mögliche Stilbrüche übernehmen«, erwiderte er. »Sie bekommen ein Doppelzimmer für sich allein.«

Im Zimmer stellte er sich vor den Spiegel und betrachtete lange sein Gesicht. Ob sie findet, dass ich lächerlich bin? Spürt sie die richtigen Inhalte der Worte? Ahnt sie, wie ich leide? Weiß sie, wie ein Mensch wird, der sein Leben im Zufall lebt?

Widerwillig dachte er noch einmal an seinen Heimatort. Er ging zum Fenster und öffnete es. Aus der Ferne klang es wie Musik herüber, vom Ort seiner Jugend. Ob der Festplatz immer noch benutzt wird? Dann musste es aber der letzte Abend der Saison sein.

Er schaute sich im Zimmer um und er sah nichts, das er nicht wiedererkannte. Es sind unterschiedliche Zimmer, aber sie sehen gleich aus und deshalb kann ich sie mein Zuhause, nennen. Sie sind alle zusammen mein Zuhause, auf dieselbe Weise, wie alle Straßen zu einer einzigen zusammenlaufen, die ich die meine nennen kann.

Er drehte den Heißwasserhahn an der Badewanne auf und saß lange in der Hocke, mit dem Wasser bis zu den Hüften, und wartete darauf, dass es abkühlte.

Er zog sich das letzte saubere weiße Hemd an, das er

im Koffer hatte, doch den Schlips ließ er über dem Stuhl hängen.

Sie wartete an der Bar. Sie sah aus wie eine Tochter.

»Ich bin gerade erst gekommen«, sagte sie.

»Möchten Sie etwas trinken?«

»Und ob ich will!«

Er bestellte zwei Bier vom Fass und sie nahmen die Gläser mit zu dem Tisch, den er beim Einchecken reserviert hatte. Der frühe Abend war immer noch warm und die Terrasse war voller Gäste. Sie saßen an der kurzen Seite, die zum Platz und zu den Parkmöglichkeiten wies. Da die Küche bald schließen würde, bestellten sie ihr Essen rasch. Es duftete nach den Blumen, die in Körben von der Terrasse herunterhingen.

Seine Hand lag auf dem Tisch vor ihm und sie legte ihre Hand darauf, für einen kurzen Augenblick. Er schaute zu seinem Auto hinüber, das in den Schatten des Platzes unter einem Baum stand. Er trank und dachte an nichts mehr, was mit seiner Arbeit zu tun hatte.

Mitten auf der Brücke stellte mein Vater das Auto ab und ging davon. Meine Mutter hatte keinen Führerschein. Die Autos hinter uns konnten nicht überholen, denn die Brücke hatte nur zwei Spuren und der Gegenverkehr war dicht. Der Mann hinter uns hatte ein paar Minuten lang gehupt, jetzt stieg er aus und kam zu unserem Wagen.

Zunächst konnte ich meinen Vater noch sehen, doch nach einer Weile verschwand er hinter den entgegenkommenden Autos. Meine Mutter hatte darauf gewartet, dass er nach ein paar Schritten umkehren würde, aber das tat er nicht. Er wandte sich nicht einmal um. Die Sonne stand tief, sie brannte wie eine Wunde im Gesicht.

»Wenn er nur nicht runterspringt«, sagte meine Mutter.

Der Mann, der zu uns gekommen war, erbot sich, das Auto über die Brücke zu fahren und auf dem großen Parkplatz abzustellen, der auf der anderen Seite lag. Ich konnte sehen, wie sich die Wimpel im heißen Wind bewegten.

»Ist es so gut?«, fragte er und meine Mutter nickte.

Sie drehte sich um und hielt nach meinem Vater Ausschau. Wahrscheinlich hoffte sie, dass er gleich zwischen den anderen geparkten Autos auftauchen würde. Das war schon einmal so gewesen.

Sie stieg aus dem Auto.

»Warte hier, Karl«, sagte sie und ging in die Cafeteria.

Ich empfand eine große Verzweiflung, eine Einsamkeit, die nichts damit zu tun hatte, dass ich allein dort im Auto saß. Zuvor auf der Brücke hatte ich dieses Gefühl nicht gehabt, aber jetzt packte es mich wie eine Hand aus einer schwarzen Wolke.

Ich sehnte mich danach, endlich erwachsen zu werden, danach, dass diese Straße weit weg führen würde, in eine andere Zeit. Ich hasste es, Kind zu sein. Noch immer konnte ich nicht meinen eigenen Weg gehen, fort von dem, was schwer auf mir lastete.

Als ich die nackten Füße auf den Asphalt setzte, brannten meine Fußsohlen. Meine Mutter kam zurück, kopfschüttelnd setzte sie sich auf den Vordersitz und zündete sich eine Zigarette an. Die Sonne war jetzt hinter einem Ahornbaum. Die Stimmen der Menschen, die an uns vorbeigingen, drangen in Fetzen herein. Mit der ansteigenden Dämmerung wurden die Autogeräusche hinter uns lauter.

»Soso«, sagte meine Mutter, öffnete die Tür und warf den Rest der Zigarette auf den Asphalt. Die Gerüche der Cafeteria und der Imbissbude wehten herüber.

»Er hat alles Geld«, sagte meine Mutter. »Bist du hungrig?«

Ich wunderte mich, dass sie fragte, ob ich hungrig sei, wenn wir doch kein Geld hatten.

Ich schüttelte den Kopf. Ich sah die Autos auf den Parkplatz kommen und nach einer Weile wieder wegfahren. Wir saßen und warteten darauf, dass mein Vater zurückkommen würde. Es wurde etwas dunkler, aber es war immer noch sehr warm. Es war unser dritter Urlaubstag. Meine Mutter schaltete das Radio mitten im Wetterbericht ein. Es würde gutes Wetter geben, soweit die Meteorologen voraussehen konnten.

»Wir werden vielleicht im Auto schlafen müssen«, sagte meine Mutter.

Ein Stück weiter die Straße hinunter gab es Fremdenzimmer, doch ohne Geld konnten wir nicht dort hingehen. Wir konnten nicht auf Kredit schlafen.

»Wenn er sich nur nichts antut«, sagte sie.

Die Sonne duckte sich unter die Äste und verschwand hinter einem Berg auf der anderen Seite der Schlucht. Ich stieg aus dem Auto und stellte mich an den Drahtzaun. Ich nahm einen Stein, warf ihn in die Schlucht und wartete auf das Geräusch, wenn der Stein aufschlagen würde. Doch ich hörte nichts. Als ich wieder aufsah, war die Sonne fort und alle Farben hatten sich verändert. Ich drehte mich um und meine Mutter war nur ein Schatten hinter der Windschutzscheibe.

Das Bild kehrt immer wieder zurück: Ich drehe mich um und meine Mutter ist ein Schatten hinter der Windschutzscheibe, im letzten Licht des Nachmittags. Ich drehe mich um zu dem Schatten. Ich drehe mich um.

Die Menschen, die hereinkamen und sich auf den entlang der Wände aufgestellten Bänken niederließen, hatten noch die Gerüche der Straße in den Kleidern. Ihre Gesichter waren mal schwermütig, mal aufgeregt. Alle warteten darauf, dass die Reise beginnen oder dass jemand nach Hause kommen würde.

Auf einer Bank bei der westlichen Tür saßen drei Männer und er sah, dass sie von irgendetwas berauscht waren. Sie waren betrunken oder zumindest angetrunken, auf dem Weg zu mehr. Er konnte ihre Bewegungen von hier aus deutlich erkennen.

Um die Männer herum war ein leerer Raum entstanden, ein Kreis des Schweigens.

»Geh und sieh noch einmal nach.«

Sie hatte eine Zigarette angezündet, ihre rechte Hand bewegte sich auf der Tischplatte.

»Sie werden eine Durchsage machen«, erwiderte er.

»Kann man sich darauf verlassen?« Er sah, dass ihr Fuß auf- und niederwippte. Der Schuh lag auf dem Fußboden.

»Nein.«

»Dann geh doch bitte und sieh nach.«

»Das bringt doch nichts.«

»Bengt.«

Er stand auf und ging einmal quer durch den Raum und durch die westliche Tür hinaus. Einer der Männer sagte etwas zu ihm, aber er antwortete nicht.

Im Wartesaal flimmerten die Computerbildschirme und er musste sich ganz schräg davor stellen, weil das Sonnenlicht so auf die Schirme traf, dass es schwer war, etwas zu lesen, wenn man direkt davor stand.

Es gab nichts Neues bezüglich ihrer Abreise. Das kann sich nur noch um Stunden handeln, dachte er und ging zurück.

In der Tür sagte einer der Männer etwas, aber nicht der, der ihn zuvor angesprochen hatte.

»Ja?«

»Hast du mal ein paar Kronen?«

Er blieb stehen, die Hand war auf dem Weg zur Innentasche, aber er musste etwas sagen. Ich muss etwas sagen, aber eigentlich sollte ich besser die Schnauze halten, dachte er.

»Wozu brauchst du die denn?«, fragte er. Aber es klang gar nicht wie eine Frage.

Das ist der falsche Tonfall, dachte er.

»Ein paar Kronen«, sagte der Mann auf der Bank und die beiden anderen, die dort saßen, sahen aus, als würden sie zuhören. Er konnte sehen, dass ihre Bewegungen jetzt langsamer geworden waren, als würde eine Batterie allmählich zu Ende gehen.

»Wozu denn?«

»Weil … ich hab Dur…«

»Eine Tasse Kaffee«, sagte einer der Männer neben ihm und sah direkt zu ihm auf, »hast du ein paar Kronen für eine Tasse Kaffee?«

Er sah zum Tisch hinüber, Monika sah zurück, aber er konnte aus der Entfernung ihre Gesichtszüge nicht richtig erkennen. Wenn er nicht innerhalb einer Minute zurückkäme, dann würde sie die Hand heben und winken, als ob er vergessen hätte, an welchem Tisch er saß oder mit wem er ursprünglich hier war.

»Und ein anderer braucht ein Bier«, sagte der Mann auf der Bank vor ihm.

»Und Kaffee«, fügte der Mann daneben hinzu.

»Mit Nachschlag«, sagte der ganz außen.

»Okay, okay«, sagte er und steckte die Hand in die Innentasche des Sakkos. Er spürte die Feuchtigkeit in seinen Achselhöhlen, er hatte angefangen zu schwitzen und hoffte, dass die drei Saufköpfe das nicht bemerkten.

Der Mann, der zuerst mit ihm geredet hatte, war jetzt aufgestanden. Er spürte seinen Atem. Sie waren gleich groß. Sitzend hatte er einen betrunkeneren Eindruck gemacht. Das Weiß in seinen Augen war wie Marmor.

»Bist wohl ein feiner Pinkel?«, fragte der Mann.

»Wie bitte?«

»Bist wohl ein feiner Pinkel?«, wiederholte der Mann und er spürte die Aggressivität, die von ihm ausging, wie einen plötzlichen Windzug.

»N...ein.«

»Ein feiner Pinkel, der glaubt, dass er ein feiner Pinkel ist?«

»Nein.«

»Feiner als alle anderen.«

»Nein«, sagte er, drehte sich um, ging zum Tisch zurück und setzte sich. Er sah, wie seine Hände zitterten, der Hals war wie zugeschnürt. Er versuchte zu schlucken, aber das war anstrengend.

»Was war denn los?«

»Sie wollten Geld haben.«

»Die sehen übel aus«, sagte sie.

»Sieh nicht hin.«

»Was?«

»Sieh nicht in ihre Richtung.«

»Verschwinden sie, wenn man nicht hinschaut?«

»Die können sonst was machen«, sagte er. »Wenn du weiter dorthin starrst, dann kommen sie bestimmt.«

Sie antwortete nicht.

»Es ist gut möglich, dass wir hier noch länger sitzen«, sagte er.

»Was stand denn da?«

»Wo?«

»Über die Verspätung.«

»Nichts Neues.«

»Wir werden hier noch eine Ewigkeit hocken«, sagte sie. »Auf immer und ewig werden wir hier hocken.«

»Da ist es wohl am besten, wenn man es sich etwas gemütlich macht.«

»Das ist überhaupt nicht witzig.«

»Gar nichts ist witzig.«

»Was soll denn das heißen?«

»Nichts«, sagte er. »Willst du noch ein Glas Wein?«

»Dann kommen die wahrscheinlich und wollen auch etwas haben«, sagte sie und schaute zur Tür hinüber.

»Sieh nicht hin.«

»Wenn die hätten herkommen wollen, dann wären sie ja wohl inzwischen hier.«

»Also, willst du nicht noch ein Glas?«

»Doch.«

»Ich werde ein Bier nehmen.«

Er stand auf und ging zum Bartresen vor den hohen Fenstern, die zum Bahnsteig wiesen. Eine seltsame Platzierung für einen Bartresen, dachte er. Er stand mit dem Rücken zum Raum. Als er seine Bestellung abgegeben hatte, sich wieder umdrehte und zurück zum Tisch ging, sah er, dass die drei Männer jetzt die Bank verlassen hatten und weggegangen waren.

Er empfand ein Gefühl der Befreiung, so stark, dass es ihn erstaunte. Ich muss ganz schön Bammel gehabt haben, dachte er.

»Sie sind gegangen«, sagte sie.

»Ja.«

»Ich sehe, das freut dich.«

»Das Leben ist, was man daraus macht.«

»Meine Güte.«

»Es kommt darauf an, sich die kleinen Momente der Freude und der selbst gewählten Einsamkeit zunutze zu machen«, sagte er.

»Hör jetzt auf«, sagte sie. »Lass mich den Wein hier trinken.«

»Man muss versuchen, sein eigenes Leben zu lenken, seinen eigenen Weg zu verfolgen.«

»Himmel noch mal«, sagte sie, »trink dein Bier. Und dann könntest du noch mal nach dem Zug schauen.«

»Du hörst nie zu.«

»Trink das Bier, Bengt.«

»Nein, ich meine es ernst.«

»Ich will jetzt nichts davon hören.«

»Wovon hören?«

»Kannst du dich nicht wie ein Mann benehmen und eine Weile ruhig dasitzen und trinken, so dass man seine Ruhe haben kann?«

»Du hättest es wahrscheinlich am liebsten gehabt, wenn ich diese verdammten Typen da verprügelt hätte.«

Sie antwortete nicht. An den Nachbartisch setzte sich ein Paar, der Mann war mit Krücken gegangen und jetzt legte er sie neben den Stuhl, während er sich setzte. Das hat er schon viele, viele Male getan, dachte er.

Die Frau hielt nach einem Kellner Ausschau, doch dann begriff sie, dass hier wahrscheinlich Selbstbedienung war. Sie werden Kaffee trinken, dachte er. Alkohol ist nicht gut für die Gelenke.

Die Frau kam mit einer Tasse Kaffee zurück, einem Glas, das aussah, als würde es Whiskey enthalten, und einem Glas Wasser und stellte beide Gläser vor den Mann. Vielleicht ist es ihm scheißegal, dachte er. Zum Teufel mit den Gelenken.

Es knatterte im Lautsprecher. Dann wurde etwas angesagt.

»War das unserer?«, fragte sie.

»Ich habe nichts verstanden.«

Es knisterte wieder.

»Aber sie …«

»Sei still, damit man was verstehen kann«, sagte er, aber er verstand wieder kein Wort.

»Das war wahrscheinlich unserer«, sagte sie.

Er hielt die Hände ein wenig über den Tisch. Ich wehre mich mit Händen und Füßen dagegen.

»Du musst gehen und nachschauen.«

Er ging erneut in die Halle hinaus. Die Sonne war jetzt fort. Er stand direkt vor den Bildschirmen. Ihr Zug war angekündigt, aber sie hatten noch anderthalb Stunden Wartezeit. Immerhin etwas, dachte er, drehte sich um und stieß fast mit einem der Männer von der Bank zusammen. Er stand direkt hinter ihm. Ich hätte ihn hören müssen, aber ich habe mich auf den Schirm konzentriert.

»Wird jetzt Zeit«, sagte der Mann.

»Ja.«

»Wo soll das noch hinführen?«, sagte der Mann, aber es war wohl keine ernst gemeinte Frage gewesen. »Hast du ein paar Kronen?«, fuhr er fort.

»Hörnsie…«

»Ich habe die Frage schon einmal gestellt, aber es kam nix.«

Er antwortete nicht.

»Tut mir Leid, was ich vorhin gesagt habe.«

»Ja.«

»Man sagt halt Sachen.«

»Ja.«

»So ist es, wenn es den Bach runtergeht.«

»Hm.«

»So richtig den Bach runter, aber das weißt du ja nicht, wie das ist.«

»Nein.«

»Darüber redet man nicht«, sagte der Mann. »Es geht den Bach runter, aber das ist nichts, worüber man mit jemand redet.«

»Hier«, sagte er und gab dem Mann einen Zehner und der Mann nahm die Münze in die Hand und schaute ihm ein oder zwei Sekunden lang in die Augen. In diesem Licht war das Weiße in seinen Augen immer noch wie Marmor, eine tiefere Schattierung des Steins.

»Verzeih einem armen Sünderlein«, sagte der Mann, drehte sich um und ging weg.

Er ging zum Tisch zurück und setzte sich wieder hin.

»Das hat ja gedauert«, meinte sie.

»Einer von denen ist wieder angekommen.«

»Ja?«

»Ich habe ihm einen Zehner gegeben.«

»Wenn du meinst, dass du dir das leisten kannst.«

»Ich hatte keine andere Wahl.«

»War er unfreundlich?«

»Nein. Es war eher so, dass seine ganze Person von einer großen Trauer umgeben war. Es war, als sei es nicht er selbst, der dort stand, sondern sein Schatten. Ich war fast ein wenig berührt davon.«

»Meine Güte, was du so redest.«

»Das wäre dir genauso gegangen. Und dann hat er ›Entschuldigung‹ gesagt und ist einfach weggegangen.«

»Hm.«

»Er hat nicht um Entschuldigung dafür gebeten, dass er vorher so unfreundlich war, sondern dafür, dass er so ist, wie er ist. Weil er ein Sünder ist.«

»Bist du da sicher?«

»Natürlich.«

Sie saßen eine Weile schweigend da. Er sah, dass der Mann am Nebentisch seinen Alkohol getrunken hatte und jetzt mit den Krücken in der Hand dasaß, als sei das die natürlichste Sache der Welt. Er hob die eine Krücke hoch, als würde er ein Kunststück, einen Balanceakt ausführen.

»Wie war das mit dem Zug?«

»Anderthalb Stunden.«

»Verdammter Mist.«

»Möchtest du noch ein Glas?«

»Willst du, dass ich betrunken werde?«

Er antwortete nicht. Es klirrte von der Bar her, als der Barkeeper ein Glas auf den Steinfußboden fallen ließ.

»Und dass ich mich dann da hinten auf die Bank setze?«, fuhr sie fort.

»Möchtest du etwas essen?«

»Nein.«

»Wir können eine Runde drehen«, sagte er.

»Bist du unruhig?«

»Es ist so verdammt langweilig, hier zu sitzen.«

»Kannst du dich nicht mal ein paar Minuten entspannen?«

»Als ich das versuchte, hast du mich losgeschickt, um nach der Abfahrtszeit zu schauen«, sagte er.

»Ansonsten wärst du woanders hingegangen«, sagte sie und zündete sich eine Zigarette an und das gefiel ihm nicht.

»Musst du rauchen?«

»Ja.«

»Schon bald wird es überall auf allen Bahnhöfen und in allen Cafés und Restaurants Rauchverbot geben. Und dann, was machst du dann?«

»Wenn Rauchverbot herrscht, werde ich nicht rauchen«, sagte sie, »das ist doch wohl klar, oder?«

»Der Tabakkonsum wird überall kriminalisiert«, sagte er.

»Kannst du nicht gehen und nach dem Zug schauen?«

»Ich werde mir noch ein Bier holen«, sagte er. »Willst du auch noch etwas?«

Sie schüttelte den Kopf.

Er ging zur Bar hinüber, holte sich ein Bier, und als er zurückkam, saß der Mann, dem er Geld gegeben hatte, auf seinem Platz.

»Wir haben Besuch«, sagte sie.

»Das sehe ich.«

»Ist das da für mich?«, fragte der Mann und zeigte auf das Bier.

»Was willst du?«

»Das Geld ist alle.«

»Willst du mehr Geld?«

»Ich will Gesellschaft.«

»Was?«

»Ich will hier sitzen und ein wenig Gesellschaft haben«, sagte der Mann und schlug die Beine übereinander. Ich gehe jetzt rüber zum Nachbartisch, leihe mir eine Krücke und schlage sie diesem Idioten direkt über den Schädel.

»Ich will, dass du aufstehst und abhaust«, sagte er.

»Die anderen waren so langweilig«, sagte der Mann. »Kein Stil«, fuhr er fort und wandte sich Monika zu, als würde sie sein Problem besser verstehen.

»Halt die Schnauze«, sagte sie.

»Es war ...«

»Sie verschwinden hier auf der Stelle oder ich schreie, so laut ich kann«, sagte sie.

Der Mann blieb sitzen, sie stand auf und öffnete den Mund. Da erhob sich der Mann, nahm ihm das Bierglas aus der Hand und ging damit weg.

»Gut«, sagte er, »das war Klasse.«

»Es hat ein Bier gekostet.«

»Das hätte teurer kommen können«, meinte er.

Er sah sich um, doch das Leben ging weiter, als sei nichts geschehen. Es schien nicht so, als ob an den anderen Tischen jemand etwas bemerkt hätte.

»Können wir nicht hier weggehen?«, fragte er.

»Und dann sagen sie in dem Moment, dass der Zug fährt«, sagte sie.

»Vor der angekündigten Abfahrtszeit? Das passiert nie.«

»Irgendwann ist immer das erste Mal. Du machst mich ganz nervös, wenn du da stehst, jetzt setz dich entweder oder geh woandershin.«

»Ich hol mir noch ein Bier.«

Aber auf dem Weg zur Bar überlegte er es sich anders und ging durch den rechten Säulengang hinaus auf den breiten Fußgängerweg vor dem Bahnhof. Er hatte vergessen, wie warm es draußen war. Die Nachmittagssonne schimmerte auf den Kupferdächern der Häuser auf der anderen Seite des Platzes und sogar im Schatten war es erstaunlich warm für dieses Land. Es ist, als hätte der ganze Sommer gewartet und würde jetzt sein glühendes Gesicht zeigen, dachte er. Es war wie in den südlichen Ländern.

Der Sommer ist falsch, dachte er, man kann sich auf ihn nicht so verlassen wie auf den Frühling oder den Herbst.

Er glaubte, einen oder zwei der Männer wiederzuerkennen, die drinnen auf der Bank gesessen hatten. Jetzt saßen sie auf einer anderen Bank im westlichen Teil des Platzes und der eine hielt eine Flasche Wein in der Hand. Es war Rotwein, der wahrscheinlich warm die Kehle hinunterfloss, wenn er wie jetzt im Sonnenschein getrunken wurde.

Sie haben ihre Kronen bekommen, dachte er, oder sie hatten sie die ganze Zeit und es war mehr ein Ritual, andere um Geld zu bitten. Das ist eine Art Beschäftigung. Wer Erfolg haben will, muss aktiv werden und aus seinem Hintergrund heraustreten.

Ich will nicht verreisen, dachte er jetzt. Es ist, als wäre es zu spät. Der Moment ist vergangen. Ich hatte mir vorgestellt, dass ich bei einem Bier im Speisewagen sitzen und beobachten würde, wie die Sonne auf der anderen Seite der Wiesen blasser würde, aber keiner weiß, ob die

Sonne jetzt überhaupt noch scheinen wird, wenn wir den Zug besteigen. Aber ich muss es trotzdem tun. Und sei es nur der Kinder wegen, dachte er und grinste in sich hinein, denn sie hatten gar keine Kinder.

Ein Mann südländischer Herkunft kam über den Platz und blieb auf der anderen Straßenseite an der roten Ampel stehen. Das Gesicht des Mannes war sehr dunkel, als Schutz gegen die Sonne hielt er einen schwarzen Schirm in der Hand.

In den südlichen Ländern trägt man immer einen Schirm als Schutzschild gegen den Himmel, der dort viel näher ist als hier, dachte er. Ob es regnet oder die Sonne scheint, alles ist dort viel intensiver als hier. Außerdem kommt die Dunkelheit so verdammt schnell und es gibt nichts, was man dagegen tun kann.

Als er wieder ins Bahnhofsgebäude ging, stand der Mann, der vorher an seinem Tisch gesessen hatte, jetzt am Zeitungskiosk, und als er ihn sah, hob er die Hand und ging die paar Schritte auf ihn zu.

»Ich hoffe, dass Sie mir das Intermezzo vorhin an Ihrem Tisch nicht übel genommen haben.«

Er antwortete nicht.

»Das war keine schöne Szene.«

»Nein.«

»Ich hoffe, dass sich das nicht wiederholen wird«, sagte der Mann.

»Sie hoffen?«

»Jetzt bin ich so ehrlich, wie ich nur sein kann.«

»Sie sind doch nicht ganz dicht«, sagte er. »Wenn Sie uns nicht in Ruhe lassen, rufe ich die Polizei.«

»Für diese Gefühle habe ich Verständnis«, sagte der Mann.

Er ging weg, ehe er etwas dazu sagen konnte, dass der Mann sein Bierglas mitgenommen hatte. Es wäre sinnlos gewesen, etwas zu sagen, und er war froh, dass er es nicht getan hatte.

Als er zum Tisch zurückkam und ihr Gesicht sah und ihren Blick, begriff er, dass der Mann ihm gefolgt war.

»Ich möchte Ihre Frau auch um Entschuldigung bitten«, sagte der Mann und wandte sich ihr zu und beugte sich fast über sie.

Sie antwortete nicht. Er sah, dass sie ängstlich aussah.

»Bitten Sie um Entschuldigung und dann hauen Sie ab, verdammt noch mal«, sagte er.

»Ich bitte um Entschuldigung. Ich bin nicht immer so.« Der Mann drehte sich um, ging durch den Raum und bog dann hinter der Tür links ab.

»Himmel«, sagte sie, »werden wir den nie wieder los?«

»Ich weiß nicht«, sagte er. »Komm, wir lassen es sein.«

»Was denn?«

»Ich will nicht mehr fahren.«

»Und ich will nichts mehr hören.«

»Über diesem verdammten Bahnhof liegt ein Fluch«, sagte er.

»Besoffene gibt es überall.«

»Das ist es nicht.«

Jetzt war es, als würde sie nicht zuhören.

»Hier saß vorher einer mit Krücken, der hat einen Whiskey nach dem anderen getrunken, und als er weggehen wollte, war das wirklich ein Anblick für die Götter«, sagte sie.

»Hör mir zu.«

»Ich höre.«

»Wir kommen hier nicht weg«, sagte er. »Wir werden diese Reise nicht machen.«

»Wahrscheinlich hast du Recht«, sagte sie. »Irgendwo gibt es einen Zug für uns, doch er geht nicht pünktlich. Kannst du nicht mal nachschauen, ob die Zeit geändert wurde?«

»Ich werde aufstehen, aber nur, um jetzt das Bier zu holen, was ich vorhin nicht bekommen habe.«

»Hol mir noch ein Glas Weißen. Kalt. Ich bleibe hier und halte die Stellung«, sagte sie und lachte.

Sie hatten lange dagesessen, ohne weiter miteinander zu reden. Er war einmal aufgestanden, auf die Toilette gegangen und hatte auf dem Weg die Abfahrtszeit nochmals kontrolliert. Er hatte nach dem Mann Ausschau gehalten, aber er war nicht zu sehen gewesen. Es ist, als würde der Kerl mit unserem Zug unter einer Decke stecken, dachte er. Es gibt ihn, aber man sieht ihn nicht.

»Na?«, fragte sie, als er zurückkam.

»Die Abfahrt verzögert sich um eine weitere Stunde.«

»Das ist ja schlimmer als auf dem Flughafen.«

»Die Leute sollen, wenn sie Zug fahren, das Gefühl haben, als würden sie fliegen«, sagte er. »Das ist ein Teil der Verkaufsstrategie. Alles soll so sein wie beim Fliegen, vorher, während der Reise und danach.«

»Vor allem vorher«, sagte sie. »Eine verdammte Warterei und kein Taxfree. Es gibt Ähnlichkeiten und Unterschiede. Und mehr Besoffene als auf einem Flughafen.«

Bald sind wir auch besoffen, dachte er. Ich schaffe es nicht mehr, noch mal zur Bar zu gehen.

Draußen fing es an, dunkel zu werden. Die Lampen entlang der Wände waren eingeschaltet worden und gaben dem Raum ein Licht, das nicht so richtig wusste, wohin es sich verbreiten sollte, als es in der Mitte des Raumes mit dem absterbenden Tageslicht zusammenstieß. Es ist nicht gut, Licht auf diese Weise zu vermischen, dachte er. Man weiß nicht, von welchem man sich leiten lassen soll. Das schafft Verwirrung.

Sie saßen noch eine Weile da, die Schatten wurden immer länger. Am Ende sahen sie aus wie ein Teil der Farbe an den Wänden.

»Jetzt muss es so weit sein.«

Er antwortete nicht.

»Ich habe das Gefühl, als wäre jetzt etwas passiert.«

»Okay, okay«, sagte er und erhob sich.

»Na?«, fragte sie, als er zurückkam.

»Nichts.«

Es war kurz nach der Dämmerung, wenn man ein paar Minuten lang wie blind ist. Wir hatten unter dem Ahorn an der Kirche geparkt, und als wir wieder etwas erkennen konnten, sahen wir, dass wenige Meter vor uns ein Mensch auf dem Bürgersteig lag. Wir hatten ihn fast überfahren.

»Verdammt noch mal«, sagte Ingo.

Wir stiegen aus dem Auto und gingen zu dem Mann. Ich bemerkte sofort den Geruch von Pisse und Alkohol. Er gab einen schwachen Laut von sich, bewegte den Arm.

»Es ist dein Vater«, sagte Ingo.

Ich antwortete nicht. Ich sprach meinen Vater an und versuchte, eine Antwort von ihm zu bekommen, aber es war mehr ein Geräusch von tief unten aus der Kehle.

»Er hat sich verletzt«, sagte Ingo. »Am Kopf blutet er.«

»Wir müssen ihn nach Hause fahren.«

»Erst muss ich das Plastik auslegen.«

Ingo ging zum Auto hinüber und öffnete den Kofferraum. Er nahm die Plastikfolie heraus und legte sie auf dem Rücksitz aus. Er hatte Angst um sein Auto, aber er hatte sich niemals beschwert, wenn wir meinen Vater von der Straße auflasen und nach Hause brachten. Dafür bewunderte ich Ingo. Er war sehr cool, wenn es wirklich darauf ankam.

Wir bugsierten meinen Vater ins Auto und fuhren durch den Ort. Er sagte irgendetwas da hinten, aber als ich nachfragte, war er nicht imstande, es zu wiederholen. Eines Tages würde ich ihn leblos auf der Straße oder auf einer Parkbank finden und er würde nicht mehr antworten. Das wusste ich.

Plötzlich wurde ihm schrecklich übel. Ingo verzog keine Miene. Wir warteten am Stoppschild, während eine Karawane von Wohnwagen mit Feriengästen vorbeizog. Es war diese Jahreszeit. Die Schlangen vorm Kiosk waren lang. Es gab keinen Wind, nichts rührte sich in den Bäumen. Die Leute, die aus ihren Autos ausstiegen, trugen kurze Hosen.

»Wie kann man nur in kurzen Hosen herumlaufen?«, fragte Ingo und nickte zum Platz hinüber. »Nicht mal bei vierzig Grad im Schatten würde ich mir so einen schwulen Scheiß anziehen.«

Wir fuhren am Platz vorbei und bogen vor dem Haus ein. Ich ging zur Wohnung hinauf und richtete alles für die Nacht. Dann ging ich zurück und wir schleiften meinen Vater die Treppen hinauf, wuschen das Gröbste von ihm ab und legten ihn ins Bett. Die Wunde am Kopf war nur oberflächlich. Er murmelte irgendwelche Wortfetzen, aber man konnte nichts davon verstehen. Auf dem Nachttisch lag ein Roman ohne Schutzumschlag. Ich brachte es nicht fertig, auf dem Rücken nachzusehen, welches Buch es war. Auf dem Fußboden lagen Seiten von einer Tageszeitung ausgebreitet. Ich war so selten da oben. Die Spüle war leer, als ob er kürzlich abgespült hätte, doch ich wusste, dass er nicht gegessen hatte.

»Soll ich einen Eimer holen?«, fragte Ingo.

Auf der Kommode stand ein Foto von mir und meinen Eltern. Wir lächelten alle in die Kamera. Mein Gesicht war etwas verwischt, als ob ich mich in dem Moment, als das Foto gemacht wurde, bewegt hatte.

Wir stellten sicher, dass mein Vater sich in der stabilen Seitenlage befand, gingen dann die Treppe hinunter und machten das Auto sauber. Wir fuhren zum Platz zurück und hörten Musik vom Kassettenrekorder. Unser Schweigen war wie ein Trost.

»Wie kann man nur in kurzen Hosen herumlaufen«, sagte Ingo nach einer Weile.

Sie saßen auf der Wiese, die zum Schilf hinunter abfiel. Karl sah, dass der Steg schief im Wasser hing und dass es dort kein Boot gab. Das ist draußen auf dem See, dachte er.

Die Sonne war jetzt ohne Wolken und sein Gesicht wurde warm.

»Warum sitzen wir eigentlich hier und nicht im Auto?«, fragte Ingo.

»Du warst doch derjenige, der wollte, dass wir uns hinsetzen«, antwortete Karl.

Die anderen beiden sagten nichts.

»Das war, als wir herkamen«, sagte Ingo. »Du hast gesagt, wir sollten zum See hinuntergehen.«

»Es ist ja wie bei einem Picknick hier«, sagte Lars, der die ganze Fahrt über nichts gesagt hatte. Erst jetzt, als sie aus dem Auto gestiegen waren und sich ins Gras gesetzt hatten. »Ich habe seit Urzeiten kein Picknick mehr gemacht.«

»Du hast ja wohl jeden Samstag Picknick, wenn du da liegst und in die Landschaft spuckst«, sagte Ingo.

»Schade, dass da unten kein Boot ist«, sagte Karl. »Es wäre nett gewesen, ein Stück rauszufahren.«

»Jetzt will er auch noch zur See«, sagte Ingo.

»Ich hätte gerne einen Kahn«, sagte Karl, »ich würde den Geräuschen lauschen, die entstehen, wenn man auf dem Wasser ist.«

»Wann fangen sie an?«, fragte Lars.

»In einer halben Stunde«, sagte Sven.

»Sollen wir ans Wasser hinuntergehen?«, fragte Karl.

»Wieso denn?«, fragte Sven, der sich mit der Flasche ins Gras gelegt hatte. Er sah mit unbeweglichem Kopf direkt nach oben.

»Ich mag Seen«, meinte Karl. »Sie geben einem die Chance, wenigstens ein bisschen rauszukommen.«

»Jetzt ist der Himmel ganz blau«, sagte Sven.

»Was?«, fragte Ingo.

»Der Himmel ist ganz blau und es ist warm und es ist der letzte Abend mit Disco. Das fühlt sich irgendwie besonders an.«

»Du bist auch langsam ganz blau«, sagte Ingo.

»Ich weiß, was er meint«, sagte Karl. »Es ist ein besonderes Gefühl, das sich den ganzen Sommer lang aufgebaut hat und dem man am letzten Abend nicht entkommen kann.«

»Jetzt kapier ich gar nichts mehr«, bemerkte Lars.

»Genauso ist es«, meinte Sven.

»Ich kapiere gar nichts«, erwiderte Lars.

»Surprise, surprise«, sagte Ingo.

»Ich meine, dass jetzt alles so gut ist, wie es nur sein kann, dass es aber trotzdem schlecht ist, weil es ja bald vorbei sein wird. Mehr kann ich nicht sagen. Das ist alles«, sagte Karl.

»Vielen Dank für diese Erklärung, Einstein«, meinte Ingo.

»Genauso ist es«, sagte Sven.

»Himmel noch mal«, sagte Ingo.

»Das ist so wie mit den Mädels«, meinte Lars. »Jetzt kapier ich.«

»Was kapierst du denn?«, fragte Ingo.

Karl sah, wie sich draußen auf dem See etwas bewegte, in der Nähe der kleinen Inseln. Er wartete und sah auf der anderen Seite des Sees ein Boot auftauchen. Der Motor wurde abgestellt und das Boot glitt an den Steg. Der Mann im Boot bremste mit den Rudern und dann lag das Boot still da. Der Mann holte achtern den Motor hoch, stand auf und hob seine Angelsachen und eine Fischkiste auf den Steg. Er schwang sich aus dem Boot und setzte sich mit dem Rücken zu ihnen auf die Sandbank. Karl konnte nicht sehen, womit er beschäftigt war.

»Ich weiß, was sie meinen, denn so ist es ja auch mit den Mädels«, sagte Lars. »Da gibt es das auch, man spürt, da baut sich etwas auf und dann ist es plötzlich vorbei.«

»Was meinst du mit ›dann ist es vorbei‹, verdammt noch mal?«, fragte Ingo. »Das ist nie vorbei.« Er trank aus der Bierdose.

»Es ist jeden Abend vorbei«, meinte Karl.

»Was?«

»Es ist ein Gefühl, das sich aufbaut und dann wieder verschwindet«, sagte Karl.

»So ist das, genau«, sagte Lars.

»So ist das, genau«, höhnte Ingo.

»Was ist denn los mit dir?«

»Dies Gelaber krieg ich nicht auf die Reihe«, sagte Ingo.

»Du kriegst das meiste nicht auf die Reihe«, sagte Sven.

»Was soll das denn jetzt?«, fragte Ingo.

Keiner der anderen sagte etwas. Der Mann unten auf dem Steg stand auf und ging zum Auto, das unter den Büschen, wo der Weg endete, geparkt war. Er hob etwas aus dem Kofferraum und trug es zurück zum Sandhügel.

»Ich krieg es mit den Mädels nicht auf die Reihe, oder was? Häh?«, fragte Ingo.

»Das habe ich nicht gesagt«, sagte Sven.

»Du hast gesagt, dass ich das meiste nicht auf die Reihe kriege, du Arsch.«

»Immer mit der Ruhe«, sagte Karl.

»Ich bin ruhig«, sagte Sven.

Ingo trank schnell die Dose leer und warf sie, so weit er konnte, die Wiese hinunter. Der Mann am See schaute zu ihnen auf und machte dann weiter.

»Heute Abend werde ich da drin das tollste Mädchen haben, ihr Arschlöcher«, sagte Ingo.

»Wann fangen sie eigentlich an?«, fragte Lars.

»Jetzt«, sagte Karl und stand auf.

»Ich trinke noch eine Dose«, sagte Ingo.

»Du trinkst nicht die Dose, sondern den Inhalt«, bemerkte Sven.

»Warum sollten wir jetzt schon da reingehen?«, fragte Ingo, ohne Sven anzuschauen. »Ist doch noch niemand da.«

»Ich bin nur aufgestanden, um pinkeln zu gehen«, sagte Karl. »Ich will dann auch noch ein Bier trinken.«

Er ging zu den Büschen hinüber. Ihn fröstelte und er dachte, dass die Dunkelheit jetzt so schnell kam. Man sollte auf einer Terrasse sitzen und Krebse essen, dachte er. Man sollte von ein paar netten Mädchen zum Krebsessen eingeladen werden und einen albernen Hut aufhaben, den man den ganzen Abend nicht absetzen dürfte. Keiner würde zu sehr besoffen werden und keiner würde am Tag danach bereuen, was er gesagt und getan hatte, als er betrunken war.

Draußen standen die Autos in sechs oder sieben Reihen. Der Raum vorm Eingang war von bunten Glühbirnen beleuchtet.

Die Leute sehen aus, als wären sie im Gesicht tätowiert, dachte Karl.

Die Musik wurde mit dem Wind hinausgetragen, das Orchester spielte seit einer halben Stunde und er wusste, dass die Tanzfläche fast leer sein würde. Die Mädchen würden auf der einen Seite stehen und auf der anderen würde es noch eine Weile leer sein. Jetzt waren sie auf dem Weg hinein, dachte er, die Jungs mit den Augen wie frisch geputzte Windschutzscheiben.

Sie bezahlten und gingen durch das Drehkreuz. Die Lampen waren um den ganzen Festplatz gehängt. Er schaute nach oben und sah, dass der Himmel so schwarz geworden war, wie nur ein ganz blauer Himmel schwarz werden kann.

»Ich will eine Wurst«, sagte Lars.

»Es hindert dich keiner«, sagte Sven.

»Ich will eine Braut«, sagte Ingo und ging zur Tanzfläche.

Sie folgten ihm.

Ingo ging schräg über die Tanzfläche und auf ein Mädchen zu. Er forderte sie auf, doch sie sahen, dass nichts passierte, und er kam zurück.

»Sie wartet auf ihre Freundin«, sagte er.

»Wirst du dann mit beiden tanzen?«, fragte Sven.

»Halt die Schnauze.«

»Jetzt gehe ich und hole mir eine Wurst«, sagte Lars.

»Das blöde Gerede von Würsten«, sagte Ingo. »Ich gehe zur Schießbude.«

»Ich komme nach«, sagte Lars und ging zur Würstchenbude auf der anderen Seite des offenen Platzes. Sven ging mit ihm.

»Der redet vielleicht einen Scheiß«, sagte Ingo.

»Reg dich ab«, sagte Karl.

Sie blieben stehen und sahen auf die Tanzfläche.

»Nur dummes Zeug«, sagte Ingo. »Der kann doch nichts sagen, was einen Sinn hat.«

Karl erwiderte nichts.

»Es gibt schließlich so viel, worüber man reden kann, und er redet davon, dass er sich eine Wurst holt«, sagte Ingo. »Man wird ganz weich in der Birne, wenn man die ganze Zeit solche Leute um sich hat. Kann man denn nichts anderes von sich geben?«

Es wurde still.

»Das ändert sich erst, wenn man versucht, mit jemandem zu tanzen«, fuhr er nach einer Weile fort.

»Ja.«

»Das verstehst du, was?«

»Noch bevor du es fertig gedacht hast«, sagte Karl.

»Du bist ja ein Spezi«, sagte Ingo.

»Man muss kein Genie sein, um sich auszudenken, dass du nicht mit demselben Geschwätz ein Mädchen auf die Tanzfläche bekommst, mit dem du uns verarschst«, sagte Karl.

»Dich nicht«, sagte Ingo. »Dich niemals.«

»Die Freundin ist gekommen«, meinte Karl.

»Sollen wir hingehen und sie auffordern?«, fragte Ingo. »Nein, lass uns jetzt zur Schießbude gehen.« Er ging nach links weiter.

Sie gingen hinüber und stellten sich etwas abseits. Ein Mann mit Gleichgewichtsproblemen hatte sich eines der geladenen Luftgewehre gegriffen und schoss Pfeile gegen die Decke der Schießbude ab. Er traf eine der Glühlampen. Sie zersplitterte und in der Ecke, in der sie standen, wurde es dunkel. Der betrunkene Mann hob die Arme in einer Siegergeste und blieb so stehen, bis die Arme von zwei Ordnungsleuten nach unten gedrückt wurden. Er wurde abgeführt, leistete keinen Widerstand.

»Komm, wir lassen den Scheiß«, sagte Ingo und sie gingen wieder. Sie setzten sich auf eine der Bänke in der Mitte des Festplatzes.

Ein paar Meter weiter rechts saßen zwei Mädchen

und sahen geradeaus zur Tanzfläche. Die eine war blond und die andere dunkelhaarig. Vielleicht hat sie schwarze Haare, dachte Karl. In diesem Licht kann man das unmöglich feststellen.

»Ich fordere die Blonde auf«, sagte Ingo.

Er stand auf und ging hin. Das Mädchen nickte und sie gingen zur Tanzfläche. Die Dunkelhaarige sah schnell zu Karl hinüber und dann wieder geradeaus, zu der Freundin und Ingo, die jetzt die Tanzfläche erreicht hatten und sich umfasst hielten.

Das ist doch lächerlich, dachte Karl, ging hinüber und setzte sich neben die Dunkelhaarige.

»Ich tanze nicht, aber darf ich vielleicht hier so lange sitzen?«

»Du sitzt ja schon«, sagte sie, ohne ihn anzuschauen.

»Karl«, sagte er und reichte ihr die Hand. »Mit K.«

»Ameli«, erwiderte sie und sah auf seine Hand. Sie zögerte, ergriff sie aber dann.

»Das ist ein ungewöhnlicher Name«, sagte er.

»Sagt man.«

»Wird auf Briefen sicher immer falsch geschrieben, oder?«

»Wenn welche kommen«, sagte sie, »dann steht da Annel oder Amelia.«

Er erwiderte nichts.

»Warum tanzt du nicht?«

»Ich kann's nicht.«

»Alle können es«, meinte sie. »Sieh dir doch deinen Freund da hinten an. Er kann definitiv nicht tanzen und was macht er gerade?«

»Er tanzt.«

»Ja.«

Er lächelte. Er glaubte nicht, dass sie es sehen würde.

»Du scheinst ja nicht gerade von der schüchternen Sorte zu sein«, sagte sie. »Vielleicht musst du nicht tanzen.«

»Weiß nicht.«

»Harte Jungs tanzen nicht.«

»Ich bin nicht hart.«

»Sollen wir ein wenig gehen?«

»Na klar«, sagte er mit einem leichten Anflug von Verwunderung.

Sie gingen durch das Drehkreuz. Der Lärm ist hier draußen fast lauter als drinnen, dachte er. Die Leute bewegten sich jetzt schneller zwischen den Autos. Es roch nach Alkohol und Feuchtigkeit. Überall leuchteten kurz Gesichter auf, wenn sich Autotüren öffneten und die Innenbeleuchtung anging.

»Diese Frage solltest du wohl stellen, aber kommst du oft hierher?«, fragte sie.

»Nur heute Abend«, antwortete er.

»Hat es mit diesem Abend etwas Besonderes auf sich?«

»Es ist der letzte Abend der Saison.«

»Ich verstehe.«

»Tust du das?«

»Du willst lieblich und bitter leiden.«

»Du verstehst wirklich. Und du warst noch nie hier?«

»Ich bin in der Stadt bei meiner Freundin und wir

sind mit einem Taxi hier herausgefahren, als es anfing dunkel zu werden. Ich wusste nicht, dass es so weit draußen liegt.«

»Nein.«

»Gefällt es dir hier wirklich?«

»Spielt das eine Rolle?«

»Irgendwie fühlt man sich ausgenutzt.«

»Alle nutzen einander aus«, sagte er.

»Es ist so ... billig«, sagte sie. »Es ist so ein billiger Rahmen.«

»Da bin ich anderer Ansicht«, meinte er. »Ich finde, dass das hier ein guter Rahmen für die Einsamkeit der Menschen ist. Und für ihre Sehnsucht. Es passt irgendwie.«

»Du drückst dich so ... anders aus«, sagte sie. »Was arbeitest du? Oder studierst du?«

»Ich nagele Dachstühle.«

Sie antwortete nicht.

»Ich nagele Dachstühle in der Hausfabrik, die da hinten hinter den Tannen liegt«, sagte er und machte eine Bewegung mit dem Kopf. »Erstaunt dich das?«, fuhr er nach einer kleinen Weile fort.

»Jetzt beleidige mich nicht.«

Sie waren am Zaun nach rechts gegangen und dann weiter über einen zusätzlichen Parkplatz. Er war halb belegt und dort war der Lärm schwächer. Sie gingen an dem Baum vorbei, der am Weg zum See hinunter stand, und er sah, wie die Bierdose, die Ingo weggeworfen hatte, im Mondschein glänzte.

Am Seeufer bemerkte er den Geruch von geräuchertem Fisch. Der Mann, der vorher hier gewesen war, hatte seinen Fang an Ort und Stelle geräuchert. Karl nahm an, dass es ein Felchen gewesen war. Plötzlich war er sehr hungrig.

»Es hat immer was, zum ersten Mal an einem neuen Seeufer zu stehen«, sagte sie.

Er hörte einen Seetaucher, der ihnen von draußen vom Wasser zurief. Der Nebel kam herein, fast zögernd. Es war, als käme er herein, um sie über die Wasserfläche wieder nach draußen zu führen. Es war immer noch warm, hier jedoch kälter als an anderen Stellen.

»Es ist der erste Abend nach dem Sommer, an dem der Nebel hier ist«, sagte er.

»Der letzte Abend wird der erste Abend«, meinte sie.

»Dieser See hat einen schönen Namen«, sagte er.

»Ich würde jetzt gern auf den See hinausfahren«, sagte sie.

»Es gibt da ein Boot.«

»Ob wir es leihen können? Ist es nicht angekettet?«

»Das hier ist eine Gegend, in der nichts angekettet wird«, sagte er lachend, ging ein wenig mit den Schuhen ins Wasser, um die Kette zu lösen, und schob das Boot vom Steg weg. »Kommst du?«

Sie zögerte, zog dann aber die Schuhe aus und watete ins Wasser.

»Es ist kalt«, sagte sie.

»Spring rein.«

Sie kletterte ins Boot, setzte sich nach achtern und er fing an zu rudern.

Es war, als hätte sich der Nebel wieder nach draußen verzogen. Er konnte die Konturen des Abhangs hinter ihr sehen und den Lichtschein vom Festplatz. Der Platz selbst war hinter dem Hügel links verborgen. Rechts sah er die schnellen Lichtkegel der Autoscheinwerfer und hörte, wie Autotüren geöffnet und wieder geschlossen, wie Motoren angelassen wurden.

»Ist es schon vorbei?«

»Sie holen mehr Alkohol.«

»Jetzt wird ja wohl nirgends mehr auf sein, oder?«

»Das hier ist eine Gegend, wo man so etwas immer bekommt«, erwiderte er.

»Das muss hier eine ganz besondere Gegend sein.«

Er antwortete nicht.

»Jetzt ist es an der Zeit, das hier zu verlassen«, sagte sie. »Schließlich ist es der letzte Abend und es passt gut, dass wir weiterreisen.«

»Ich verstehe, was du meinst.«

»Tust du das?«

»Aber ich habe meine Arbeit«, sagte er. »Ich habe teure Gewohnheiten und das Geld muss regelmäßig reinkommen.«

»Ich meine das hier ernst«, sagte sie.

Er antwortete nicht. Wieder hörte er den Seetaucher, es klang, als wäre er jetzt weiter entfernt, obwohl er auf ihn zuruderte. Er sah auf die Dollen vor sich, auf denen die Ruder lagen, die in den See tauchten.

Weil ich damals nicht viel trank, war ich oft derjenige, der fuhr. Es war fast nie jemand auf der Straße unterwegs, wenn wir abends über die umliegenden Dörfer fuhren. Wieder und wieder fuhren wir eine Runde von dreißig Kilometern. Wir kamen an stillgelegten Bahnhöfen und Postämtern vorbei, deren Fensterscheiben eingeschlagen waren.

Der Wind kam immer aus Südwest. Ich konnte es an den Wimpeln über den Kiosken erkennen. Die Autos fuhren bis direkt vor den Kioskschalter und eine Hand wurde aus dem Fenster gestreckt. Wir im Hochland hatten keine Drive-in-Kinos, aber wir hatten den Drive-in-Kiosk.

Die große Wärme von Mittsommer hielt sich bis weit in den Juli hinein. Die frühen Morgen waren kühl und wie sauber geschrubbt, doch in der kurzen Zeit, die ich benötigte, um von zu Hause bis zu Nordiska zu radeln, wurde mir schon heiß. Ingo und ich hatten uns gegen Sommerurlaub entschieden und arbeiteten immer noch in der Hausfabrik. Die ganze Produktion hallte von unseren einsamen Schlägen wider, wenn wir etwas von Hand nagelten. Manchmal beschlossen wir, genau im selben Rhythmus zu nageln, manchmal schlugen wir abwechselnd und manchmal sang ich zu den Hammerschlägen. Wir hatten keinen Vorarbeiter und wir brauchten keinen. Im Büro saß jemand, aber die Mädels hatten alle Ferien.

Jeden Abend in diesem Sommer standen wir ab sechs Uhr auf dem Marktplatz. Wir dachten viel darüber nach, wie es war, mit Mädchen zu schlafen. Wir wussten, dass es Mädchen auf der Welt gab, doch es war nicht unsere Welt.

Ingo trank und die Dose glänzte im Sonnenlicht, das über die Baumwipfel der Insel, die mitten im Fluss lag, hereinschien. Ich rauchte und Ingo trank. Wir hatten die Türen geschlossen, aber die Scheiben heruntergekurbelt.

Es waren keine anderen Menschen da. Der Ort war von allen verlassen, die ans Meer fahren konnten. Es war ungefähr gleich weit zur Ost- wie zur Westküste und die Leute waren gleichmäßig auf die beiden Küsten verteilt.

Nur Ingo und ich waren da, und wenn wir mit heruntergekurbelten Scheiben unsere ewig gleiche Runde fuhren, dann war es, als würden wir durch Geisterstädte fahren. Die warme Luft war vollkommen geruchlos. Wir hielten an, um Zigaretten zu kaufen, und die Wärme war drückend und schwer, obwohl es oft schon nach acht war. In der Hitze lag eine Unruhe, eine Rastlosigkeit, als sei sie auch auf dem Weg, würde aber von Gewichten auf die Erde gedrückt.

Wir hatten die ganze Zeit Sehnsucht, wonach, wussten wir nicht. Dieses Gefühl ließ mich an den Straßenrand fahren und ziellos durch den Wald laufen. Ich dachte nach. Ingo trank. Das half ihm auf ganz andere Weise.

Wir standen auf dem Marktplatz und warteten auf die eine dunkle Stunde des Tages und dann war sie wieder einmal vorüber. Am nächsten Vormittag erwachten wir langsam zu den Hammerschlägen. Ingo sagte niemals etwas davon, dass er müde sei. Wir redeten nicht viel, nicht in der Hausfabrik und nicht im Auto. Es gab nichts zu sagen.

»Ich kann das hier machen«, sagte er, beugte sich vor und versuchte, den Korb in den Kofferraum zu heben.

»Ich mache es«, sagte sie. Sie ließ den Griff nicht los.

»Das ist doch nicht nötig.«

»Was? Was ist nicht nötig?«

»So zu sein.«

»Ich bin es gewohnt, allein zurechtzukommen«, sagte sie ohne jede Betonung.

»Ich weiß.«

»Warum solltest du.«

»Was meinst du?«

»Warum solltest du zurückkommen und den Alltagskram übernehmen, wo ich doch bewiesen habe, dass ich ihn allein bewältige?«, fragte sie.

»Ich möchte zeigen, dass ich wieder ein Teil der Familie bin«, erwiderte er. »Dass ich hier immer noch von Bedeutung bin. Da sind solche Sachen wichtig.«

»Es gibt andere Arten, das zu zeigen«, entgegnete sie. »Und außerdem haben diese Worte ihre Bedeutung verloren. Wenn sie je eine hatten.«

»Okay, okay.«

Sie schloss den Kofferraum. Sie verwendet mehr Kraft darauf, als notwendig wäre, dachte er. Alle Bewegungen werden stärker, wenn die Unruhe uns treibt.

»Warum solltest du?«, sagte sie und er wusste, dass sie nicht von dem Korb und dem Gepäck sprach. Jetzt betonte sie die Worte. Es ist die Betonung, die dem Gespräch einen Inhalt gibt, dachte er. Nicht die Worte. Die Worte sind nur die oberste Schicht.

Er antwortete nicht, er ging zum Fahrersitz, öffnete die Tür und setzte sich auf den Sitz.

Er strich über das Lenkrad. Er fummelte am Schlüsselbund herum. Er fuhr den Sitz nach hinten. Er griff nach dem Schalthebel. Wenn man schnell schraubt, kann man ihn abdrehen. Es ist mehr eine Frage der Technik als der Kraft.

Alle Bewegungen werden sehr wichtig, dachte er. Wenn es so ist wie jetzt, dann denkt man über alles nach, was man macht. Man ist ganz bei sich, die ganze Zeit ist man ganz bei sich.

Es ist nicht nur das verschwundene Licht in ihren Augen, das zeigt, dass alles anders ist. So war es die anderen Male nicht gewesen. Es passiert etwas. Jetzt oder nie. Das hier ist das letzte Mal.

Die Kinder saßen still auf dem Rücksitz und lasen jedes seine Zeitung. Sie könnten die Zeitungen genauso gut verkehrt herum halten, dachte er. Sie beobachten uns. Das machen Kinder, wenn sie dasitzen und hoffen, dass alles gut wird.

Sie fuhren durch eine Landschaft, die nach Wasser schrie. Die Heide schien wie in einer Luft aus Glas zu schweben. Wenn es keinen Regen gibt, dann wird hier kein Nebel entstehen, dachte er. Das hier ist der Ort, wo der Nebel geboren wird. Wenn im September hier die Sonne verschwunden ist, dann kommt der Nebel aus der Erde hervor. Dann sollte man hier stehen mit dem Gesicht im Wind.

Rechts sah er plötzlich, wie sich die Wiesen öffneten. Es war, als würde ein Weg entstehen, der sich bis zum Horizont erstreckte. Es bildete sich ein Durchgang zu etwas anderem. Etwas Verlockendem. Es war, als wäre das abwesende Licht in den Augen der Frau dasselbe, das dort hinten schimmerte.

Danach gab das Auto einen Schrei von sich, wie ein Schmerzensschrei, und hörte auf, sich lenken zu lassen. Es wurde still, rollte noch ein paar Meter und blieb dann stehen.

Sie horchten alle, als würde das Auto mit ihnen sprechen, wenn sie sich nur still genug verhielten.

»Was ist los?«, fragte sie schließlich.

»Ich werde nachsehen«, sagte er, beugte sich vor und zog an dem Hebel, so dass sich die Motorhaube öffnete. Er stieg aus, machte die Motorhaube auf und arretierte sie. Ich achte auf das, was ich tue, dachte er.

»Was ist los?«, fragte sie wieder, als er zum Fahrersitz zurückkam.

»Ich weiß nicht.«

»Kann man es nicht sehen?«

»Heutzutage sind alle Systeme in den Autos mit Computerchips ausgestattet, man kann nichts selbst machen.«

»Kann man nicht ein wenig herumschrauben?«

»Nein.«

»An irgendwas muss man verdammt noch mal herumschrauben können«, sagte sie. »Du bist ein Mann. Nimm irgendwas und schraube an irgendwas herum.«

»Das ist nicht der richtige Moment«, sagte er.

»Der richtige Moment wofür?«

»Der richtige Moment, etwas zurückzugeben.«

Sie antwortete nicht.

»Es wäre etwas anderes, wenn uns das vor dreißig Jahren passiert wäre«, sagte er.

»Wieso?«, fragte der Sohn vom Rücksitz.

»Da waren die Autos dafür gemacht, gepflegt zu werden.«

»Wieso?«

»Ölfilter gehörten damals so gut wie nie zur Grundausstattung. Das hieß, dass man das Motorenöl alle 1500 Kilometer austauschen musste, und wollte man das Auto auf der Straße behalten, dann absolvierte man viele Besuche beim Schmierdienst.«

»Wie lang sind 1500 Kilometer?«, fragte der Sohn.

»Das ist dieses ganze Land einmal quer durch.«

»Mein Gott«, sagte die Frau.

»Was denn?«

»Du lebst nicht im Hier und Jetzt«, sagte sie. »Du machst mir Angst. Ich werde damit nicht fertig.«

»Wäre dieses Auto gepflegt worden, wäre es nie passiert«, sagte er.

»Also ist es mein Fehler?«

»Du bist diejenige, die das Auto gehabt hat.«

»Ich habe dafür und für alles andere die Verantwortung übernommen, während du mit deinem verdammten Schwanz bei den verschiedenen Schmierdiensten unterwegs warst«, sagte sie.

»Wir haben Kinder auf dem Rücksitz.«

»Mein Gott.« Sie riss ihre Handtasche auf, holte einen Notizblock und einen Stift heraus und schrieb etwas auf. Sie hielt ihm den Block hin und er las die Nachricht. Sie wollte ein Leben ohne ihn. Ich muss wegfahren, schrieb sie.

»Ich werde einen Abschleppwagen rufen müssen«, sagte er und stieg aus, um allein zu sein. Er nahm das Handy aus der Brusttasche und rief die Auskunft an.

»Wann sollte das Abschleppauto kommen?«, fragte die Tochter mit Kuchen im Mund.

»Bald.«

»Wir stehen aber schon lange hier«, sagte die Tochter.

»Ich habe zweimal angerufen«, sagte er.

»Können wir nicht doch an etwas herumschrauben?«, fragte der Sohn.

Er stand auf und ging weg, weil er nicht wollte, dass sie seinen Gesichtsausdruck sahen. Er biss sich fest ins rechte Handgelenk und sah, dass es weiß wurde und dass etwas Blut kam. Er sah einen Zweig auf dem Boden und dachte kurz daran, ihn sich in eines seiner Augen zu bohren.

Dann war er bereit, umzukehren und zu seiner Familie zurückzugehen.

Sie saßen still da und verfolgten die Reise der Wolken am Himmel. Ihre Blicke waren so lange nach oben gerichtet, bis es anfing zu regnen.

Sie setzten sich ins Auto. Es war warm und er öffnete ein Fenster, das Luft und Regen einließ.

»Warum fahren hier denn keine anderen Autos?«, fragte der Sohn.

»Das habe ich mich auch schon gefragt«, sagte er.

»Warum ist das Abschleppauto noch nicht da?«, fragte die Tochter.

»Hattest du die richtige Nummer?«, fragte die Ehefrau.

»Vielleicht sind sie falsch gefahren«, meinte der Sohn.

»Da kommen sie doch schon«, sagte er.

Er ging hinaus und half dem Mann, das Auto festzumachen. Er fragte nicht, warum es so lange gedauert hatte. Darauf kann dieser Mann hier ja nicht antworten, dachte er und dann antwortete der Mann doch.

»Heute sind viele liegen geblieben, deshalb hat es ein wenig gedauert.«

»Viele?«

»Auf dieser Straße sind heute Nachmittag mehrere liegen geblieben.«

»Sieh mal, ein Pferd!«, rief die Tochter vom Rücksitz.

Er beugte sich halb zum Fenster herein und sah seine Frau an.

Das war eine Gelegenheit, wo nichts passierte. Jetzt

im Moment bewegt sich niemand oder ist auf dem Weg irgendwohin. Wenn ich das festhalten könnte. Bald bewegt sich das Bild wieder und wir sind zurück in der Stadt und dann weiß keiner, wie es gekommen ist.

Jetzt öffnete die Ehefrau die Tür auf ihrer Seite, stieg wortlos aus dem Auto aus und ging zum Zaun und zu dem Pferd, das dort stand. Der Regen hatte aufgehört und das Licht war zurückgekehrt. Es dampfte von den Wiesen. So weit man sehen konnte, dampfte es.

Sie stieg auf den Zaun.

Er hatte den Juli über davon geredet und Anfang August war dann das Fest, nach der zehnten Schicht. Sein Traktor stand noch mit der letzten Sägemehlfuhre auf dem Anhänger vor der Baracke. Er hatte drin Licht gemacht und Pappteller und Pappbecher auf die Tische gestellt. Das Licht leitete uns vom Häckselplatz her und der kühle Abendwind trocknete den Schweiß auf unseren erhitzten Körpern.

Wenn man sägte, bemerkte man nie, wann die Wärme vorbei war und die Kühle zusammen mit der Dunkelheit kam. Der Häckselplatz lag neben einem Tümpel und dort stieg kalter Dampf auf und glitt über die Bretterstapel. Ich fröstelte und strich die Sägespäne aus dem Nacken. Die Häckselmaschine war etwas früher am Abend plötzlich stehen geblieben und ich war mit der Schaufel drin gewesen.

Auf dem Tisch in der Baracke stand eine Kiste mit Fleischwurstringen und eine mit Branntweinflaschen. Bier gab es nicht. Er hatte kein Besteck hingelegt. Wir benutzen unsere eigenen Messer, um die Wurst zu schneiden. In seinem Gesicht war kein Lächeln, als er uns zu Tisch willkommen hieß. Nur eine flehentliche

Hoffnung in den Augen, dass alles gut gehen würde, dass es gelingen würde.

»Trinkt ordentlich«, sagte er und goss uns ein.

Wir waren sieben Männer und keiner war Antialkoholiker. Ich war der Jüngste, doch ich hatte ernsthaft angefangen zu trinken und war den unverdünnten Branntwein inzwischen gewohnt. Normalerweise trank ich direkt aus der Flasche, so dass der Becher fast wie Luxus wirkte. Der Geschmack von Wurst und Branntwein im Mund war süß und scharf.

In diesem Sommer hatte niemand Urlaub genommen. So war es oft. Wir zogen es vor, ihn übers Jahr verteilt zu nehmen, da hatte man das Gefühl, als hätte man das ganze Jahr etwas, worauf man sich freuen konnte.

Ich trank wieder und man hörte das Geknatter der Motorcrossbahn auf der anderen Seite des Berges. Der Klub testete die Bahn vor dem Rennen am Abend.

»Wenn ich noch mehr esse, muss ich kotzen«, sagte Ingo, der rechts von mir saß.

»Aber die Wurst ist es jedenfalls nicht, von der du kotzen musst.«

»Ich habe gar nicht so viel getrunken.«

Ich antwortete nicht. Der Alte vom Sägewerk sah wieder beunruhigt aus, als bestünde die Gefahr, dass das Fest schon vor Mitternacht zu Ende sein könnte. Die Gefahr war offenkundig, da viele schon Anzeichen von Trunkenheit aufwiesen.

Wir sagten nicht viel am Tisch. Wenn wir arbeiteten, konnte man nicht reden wegen des Lärms von der

Häckselmaschine. In den Pausen war das Geräusch immer noch in den Ohren und wir brauchten alle Stille, die wir kriegen konnten. Viele dort hatten mindestens fünf Jahre zusammen gearbeitet, doch keiner neigte zu Gerede. Wir wussten nicht viel voneinander, jedenfalls nichts davon, wie es den anderen so ging. Wenn jemand etwas sagte, dann nur, um eine lustige Geschichte über Frauen zum Besten zu geben.

Der Alte vom Sägewerk ging rum und füllte Branntwein in die Becher.

»Hab ich schon erzählt von dem Knecht, der es beim Tanz in der Scheune nicht auf die Reihe kriegte?«, fragte er direkt in die Stille hinein, als würde er auch die Verantwortung für die Unterhaltung übernehmen wollen.

Alle schüttelten den Kopf, auch die, die die Geschichte schon kannten.

»Der Knecht suchte den ganzen Abend«, sagte er. »Am Ende fand er eine Magd, die scheußlich aussah und noch schlimmer roch. Aber sie war willig und sie legten los, oben in der Scheune, aber mitten im Geschehen zieht sie sich zurück. Da sagt der Knecht, dass das nichts macht, denn es wäre einfach schön, ein bisschen an die frische Luft zu kommen.«

Später, gegen Mitternacht, fing es an zu regnen, aber die fuhren weiter die Bahn für das Motorcrossrennen ein. Jemand hatte die Lampe über dem Häckselplatz ausgemacht. Mir ging es gut und ich hoffte, dass ich dasselbe Gefühl haben würde, wenn ich morgen aufwachte. Ingo schlief schon, den Kopf auf den Tisch gelegt. Ein Spuckefaden hing ihm vom Mund.

Dann war es vorbei.

Der Alte vom Sägewerk startete den Traktor und fuhr die letzte Ladung ein. Am Morgen danach war er tot. Er war an einem Schlaganfall gestorben, als er sich die Stiefel anzog, um raus in den Schuppen zu gehen und zum Sägeplatz zu fahren. Wir hörten es am selben Vormittag. Jemand sagte, er müsse schon am Abend gewusst haben, was passieren würde, und es wäre wie ein vorgezogener Leichenschmaus gewesen. Aber keiner von uns sagte etwas dazu, weil keiner mehr wusste als der andere.

Die Unterhose lag neben dem Weg, halb unter einem Gestrüpp von wilden Himbeeren versteckt. Es waren Flecken darauf, aber man konnte nicht erkennen, was es war. Vielleicht Blut oder Schmutz oder Erde. Der Wind und der Regen des späten August hatten ganze Arbeit geleistet.

Ich suchte nach einem Kondom, konnte aber keines finden. Ich mochte das Moos nicht hochheben, um genauer nachzusehen. Ich wusste es sowieso. Ingo hatte nichts gesagt, irgendjemand anders war es gewesen. Es müsste ein Kondom da sein, denn damals benutzten alle Kondome.

Sie waren den Weg oberhalb des Campingplatzes gegangen. Ich hatte schon vor einiger Zeit abgesperrt, Wochen vorher. Der Job fehlte mir, nicht nur wegen des Geldes.

Auf dem Weg hatte es einen Kampf gegeben. Vielleicht hatte er sie geschlagen, ehe er bekommen hatte, was er wollte. Ich konnte die Spuren des Kampfes sehen. Aber ich ging trotzdem weiter. Vielleicht meinte ich irgendwie schuldig zu sein.

Ich sah sie auf dem Marktplatz, ich ging zu ihr, sagte

aber kein Wort. Sie sah mich an, doch in ihrem Gesicht war keine Botschaft. Vielleicht war sie es nicht gewesen. Man sollte auf das Gerede der Leute nicht hören. Es wurde so viel blödes Zeug geredet, das war schon immer so gewesen. Schiefe Blicke folgten den Worten, schlossen sie ein. Und wie so oft überkam mich der Wunsch, dass ich nur ein Besucher wäre, auf dem Weg zu etwas Besserem.

Bald würde ich verreisen und nie mehr zurückkommen. Ich konnte an nichts anderes mehr denken. Der Himmel über uns war dünn wie Papier. Tag für Tag die gleiche leise und traurige Musik. Blödes Gerede und leise traurige Musik in den Bäumen.

Ich konnte den Anblick der befleckten Unterhose nicht vergessen, sie war wie verunglimpft. Nicht nur, weil sie ihr gehört haben könnte. Die Erinnerung war wie ein Loch im Kopf. Ein Loch, das nicht zuwuchs.

Einen Monat später sah ich ihn, als er gerade über den Marktplatz ging. Ich fuhr mit dem Moped direkt auf ihn zu.

Nach einer Weile ging es ihm besser. Er verließ die Toilette und nickte einigen zu, die direkt davor standen. Er fand, dass sie ihn verwundert anschauten. Er wusste natürlich, wer sie waren, aber er glaubte nicht, dass sie eine Ahnung hatten, wer er war.

Es war sein Fest, aber es würde ihn wohl niemand vermissen, wenn er jetzt ging. Woher kamen alle diese Menschen? Sie standen in zwei Gruppen und er wusste, dass die vom Job gehen würden, sowie sie die Gelegenheit dazu bekämen. Sie waren gerade erst gekommen, aber sie würden gehen und sich irgendwo niederlassen und darüber reden, wie gut es war, da zu sitzen und nicht bei ihm sein zu müssen.

Vielleicht sollte er mitgehen, wenn sie sich aufmachten. Hauptsächlich, um die Reaktion im Flur zu beobachten. Jetzt gehen wir, könnte er sagen. Dann würden sie sich vielleicht entschließen zu bleiben. Die Verwunderung in ihren Blicken.

Nicht einmal da drin konnte er hören, was die Leute sagten.

Er ging in die Küche. Ein Mann redete mit ihm, aber er hörte nicht hin. Er sagte etwas Kurzes. Ein Paar, das in der Nähe stand, unterhielt sich, und er versuchte zu hören, was sie sagten. Sie standen an eine der Arbeitsflächen gelehnt. Sie schienen sich nach einer Trennung wieder getroffen zu haben. Aber jetzt sagte sie, dass er nicht verstehe. Er fragte, was es sei, was er nicht verstehe. Sie sagte, er würde nie verstehen. Er antwortete, dass er nicht wisse, was er sagen solle. Das ist das Problem, sagte sie. Ich versuche es und ich habe meine Gedanken, meinte er, es geht nur darum, sie als Worte herauszubekommen. Bist du am Ende also doch eins geworden mit deinem Computer, bemerkte sie. Das verstehe ich nicht, meinte er. Du brauchst einen Drucker, sonst kriegst du die Worte nicht heraus, sagte sie.

»Ich kann die Zeichen deuten«, sagte der Mann, der ihn zuvor angesprochen hatte.

»Was?«

»Als wir nach Süden gesegelt sind, habe ich ins Meer hinuntergeschaut, wir hatten Wind aus Süden, aber Strömung von Norden, und als ich diese schneidenden Strudel sah, wusste ich, dass der Sommer vorüber war, und wir segelten zur Küste und flogen nach Hause, um uns zu trennen.«

Er hörte ihm jetzt zu.

»Ich komme nie mehr von dieser letzten Reise los«, sagte er. »Auf der Höhe einer Insel sah ich, wie an einer Klippe eine kleine Jolle vertäut war, und als wir um die Landzunge kamen, hörten wir Rufe von Kindern. Wir hörten ein paarmal ein klares Lachen, so klar und glitzernd wie Tausende von Spiegeln auf der Wasseroberfläche. Es war furchtbar warm. Es war August. Da ist es da unten am heißesten.«

»Ich weiß.«

»Die Kinder kletterten auf einen großen Salzberg, der sich am Strand gebildet hatte, und dann rutschten sie mit ordentlichem Schwung hinunter und landeten im Wasser.«

»Woher kamen sie?«

»Die Kinder? Nicht die geringste Ahnung. Es war komisch. Da war nichts in der Nähe.«

»Hm.«

»Aber es war ein schönes Bild. Und es sah verdammt lustig aus. Es ließ einen wünschen, dass man dieses verdammte Erwachsenenleben auf immer verlassen könnte.«

»Ich weiß, was du meinst.«

»Tust du das?«

»Vor allem heute, wo ich Geburtstag habe.«

»Ach so, du bist es, der Geburtstag hat.«

»Das spielt keine Rolle.«

Er ging hinaus. Es war kühl draußen, verglichen mit der Hitze in der Wohnung. Er ging über die Straße, wandte sich um und sah zu dem Haus hinüber, das hell erleuchtet war. Inzwischen war es dunkel draußen, doch ein Teil der Hitze des Tages saß noch zwischen den Häusern. Nicht alles war mit dem Tageslicht gestorben. Er hörte den Verkehrslärm von der größeren Straße unten und ging unter den Straßenlaternen in diese Richtung. Das Licht von den Laternen war fest und durchsichtig, starr und weich zugleich, aber es löste sich völlig auf, wenn er in den Lichtkegel hineintrat. Es war ein besonderes Gefühl. Er konnte das warme Licht unter der nächsten Laterne sehen, doch wenn er hinkam, war es nicht mehr da. Sobald man ein Teil des Lichtes wird, verschwindet es, dachte er.

Vor dem Kiosk standen drei Männer, und als er näher kam, gingen sie weg und setzten sich in ein Auto. Er blieb auf der anderen Straßenseite stehen, als würde er darauf warten, dass das Auto wegfuhr. Die drei Männer saßen immer noch darin, ohne dass jemand den Motor anließ. Sie waren unbeweglich. Ihre Silhouetten zeichneten sich durch das Fenster ab. Plötzlich meinte er, jemanden im Auto schreien zu hören, kurz und schneidend.

Er ging über die Straße, an dem Auto vorbei und dann weiter die Straße hinunter. Er hatte kein Ziel. Er hörte einen Schrei aus einer Wohnung. Jetzt startete jemand ein Auto, doch es kam aus einer anderen Richtung.

Er zog das Hemd aus, spürte den Wind aber nicht.

Als er zurückging, sah er, dass das Auto noch immer neben dem Kiosk stand. Jetzt war es dunkler um ihn, der Kiosk hatte geschlossen und die Beleuchtung war ausgeschaltet. Über dem Schalter war noch eine Leuchtstoffröhre an. Das Licht reichte nicht bis zum Auto. Als er näher kam, sah er die Konturen der Männer in dem Fahrzeug. Als er an dem Auto vorbeiging, wurde es angelassen. Er hörte das Geräusch hinter sich wie ein Dröhnen von vielen Motoren.

Es fuhr nach Norden, er drehte sich um und blieb stehen, bis die Rücklichter nicht mehr zu sehen waren. Das Geräusch hörte er noch lange.

Er ging zurück zu seiner Straße, stellte sich vor das Haus und beobachtete die Bewegungen da drin. Sein Zuhause war voller Leben, doch in den angrenzenden Häusern war es still.

Er blieb stehen und sah, wie alles zur Ruhe kam. Leute kamen aus dem Haus und er zog sich in den Schatten des Baumes hinter ihm zurück. Seine Gäste gingen vorbei, aber er hörte ihnen nicht zu. Im ganzen Haus wurde es still. Er konnte sich nicht mehr bewegen.

Ich brachte ihr bei, wie man Auto fährt, zumindest, wie die Gangschaltung funktioniert. Sie würde bald achtzehn werden und ich war neunzehn. Ich hatte seit einem Jahr den Führerschein, fuhr aber schon länger Auto. Wir lagen auf dem Bett in ihrem Zimmer. Ihre Mutter klapperte nebenan in der Küche mit Töpfen. Die Tür war nicht verschlossen, aber es kam niemand herein, ohne vorher anzuklopfen. Wir waren nackt. Sie lag links von mir. Ich nahm ihre rechte Hand und schloss sie um den Penis, der gerade hochstand.

»Halt fest«, sagte ich. »Das ist also der Schalthebel. Jetzt ist er im Leerlauf. Kannst du ihn im Leerlauf halten?«

»Ja.«

»Ist das schwer?«

»Nein.«

»Gut.«

»Und was passiert jetzt?«, fragte sie.

»Jetzt werden wir losfahren. Du musst den ersten Gang einlegen.« Ich führte ihre Hand, die um den Penis gelegt war, in einer Bewegung nach links und dann nach hinten. »Das ist der erste Gang.«

»Ich verstehe.«

»Kannst du es mal alleine versuchen?«

Sie machte es dreimal hintereinander und es ging gut. Dann zeigte ich ihr die anderen Gänge, aber als wir den Rückwärtsgang probierten, mussten wir abbrechen, weil ich das Gefühl hatte, ich würde explodieren. Ich hatte zunächst überlegt, zu sagen, dass die Gangschaltung im Begriff sei, zu explodieren, aber das wäre doch irgendwie zu grob gewesen.

Dann explodierte ich. Und zwar, als sie noch einmal versuchte, den Rückwärtsgang einzulegen. Sie lockerte nicht den Griff, als meine Hüften zu beben begannen.

»Was ist denn mit der Gangschaltung passiert?«, fragte sie.

»Man sollte den Rückwärtsgang vermeiden.«

»Ist das immer so?«

»Ja.«

»Dann kann man ja gar nicht fahren.«

»Es ist etwas anderes, wenn du dich mal in ein richtiges Auto setzt.«

»Aha.«

»Das hier war nur dazu da, dass du selbst in Gang kommst.«

»Können wir es noch mal üben?«

»Gleich.«

Drei Monate später fuhr sie und kam gut damit klar. Manchmal übten wir, aber es war nicht mehr wie beim ersten Mal.

»Das hier ist der erste Gang«, hatte der Fahrlehrer

während der ersten Fahrstunde gesagt und sie hatte in eine andere Richtung geschaut. Es fiel ihr schwer, nicht in Gelächter auszubrechen.

Ich hatte ein Auto und wir fuhren an den Abenden oft herum, über die Dörfer. Es war immer noch warm, obwohl es schon Ende August war. Wir hörten Radio und redeten nicht viel. Sie fuhr fast immer und sie fuhr gut, besser als ich, ruhiger.

Ende September ging unsere Beziehung zu Ende, weil sie mich nicht mehr liebte. Ich fühlte mich überrumpelt, aber es gab nichts, was ich dagegen tun konnte. Sie zog kurz darauf weg und kam fast nie mehr zurück. Ich sah sie nie wieder. Ich zog auch weg.

Der Idiot fuhr an drei Abenden in der Woche bei Sonnenuntergang über den Marktplatz. Er bog nach links auf die Mejerigatan und man konnte das Moped noch hören, wenn er den Fußballplatz erreichte und es dort abstellte. Die Typen auf dem Markt konnten die Uhr nach ihm stellen.

Der Idiot starb, noch ehe er dreißig war. Ich glaube, er wurde siebenundzwanzig. Da war ich schon lange fort. Er wurde vor der alten Kirche überfahren. Vielleicht war es seine Schuld. Zuerst ging das Gerücht, er sei im Wald totgeschlagen worden. Er hatte schon früher Schläge bekommen. Alle hatten schon früher Schläge bekommen.

Manchmal redete ich mit ihm, aber ich wusste nicht, ob er mich vom einen aufs andre Mal wiedererkannte. Er lebte ein Leben, das mir sehr fremd war. Wir saßen ein paarmal abends auf dem Marktplatz, wenn der Wind in den Bäumen zur Ruhe kam. Manchmal fuhr ein Kanu auf dem Fluss hinter uns vorbei. Ein paar Kinder angelten von der Brücke aus und der Gemüsehändler schloss seinen Stand, zog die Persenning vom Holzgerüst herunter und ging. Jemand bog am Kiosk ein und kaufte eine Zeitung oder Zigaretten. Das war alles. Dann sagte ich manchmal etwas, während der Idiot nach den Kindern schaute, die etwas am Haken hatten.

Eines Abends:

»Angelst du?«

»Ich spiele Fußball. Willst du Fußball spielen?«

»Meinst du ... jetzt?«

»Wir spielen Fußball.«

Immer dasselbe verdammte Geschwätz über Fußball. Dann stand er auf und tänzelte mit den Füßen.

»Fußball! Ich habe den Ball dabei!«

Er zeigte auf das Moped, das unter dem Baum beim Anschlagbrett stand. Der Ball war hinten festgezurrt, wie ein abgehauener Kopf. Ich konnte die Ankündigung auf der Anschlagtafel sehen, für das Match am Samstag, die Klubfarben wie ein Rahmen um die Nachricht herum. Das Spiel des Jahres. Ich würde spielen, wenn es meinem Bein bis dahin besser ginge.

»Ich bin verletzt«, sagte ich und zeigte auf mein Bein.

Er sah auf das Bein.

»Hast du Fußball gespielt?«

Ich nickte.

»Ich spiele auch Fußball«, sagte er.

Ich nickte wieder. Er sah zu den Kindern, die angelten. Ich fragte mich, was er wohl dachte, wenn er so schweigsam war wie jetzt. Ich machte mir nicht viele Gedanken über ihn, aber wenn er wie jetzt schwieg und aussah, als würde er in sich selbst versinken, fragte ich mich mitunter, was er wohl dachte. Vielleicht war er auf einem Fußballfeld, auf dem Weg zum frei stehenden Tor. Vielleicht war er froh. Vielleicht war er so verzweifelt, wie er aussah.

Wir waren gleichaltrig. Er besaß genug Verstand, um Moped fahren zu können. Er wohnte mit seinen alten Eltern außerhalb, im Norden im Wald. Sie kriegten ihre Sachen nach Hause gebracht, verließen das Grundstück nie. Ihr Sohn, der Idiot, stellte die Kontakte zur Außenwelt her. Sein Blick war immer woanders, aber er war trotzdem in der Umwelt gegenwärtig, mit seinem großen Körper und seinen schweren verlangsamten Bewegungen, wie in Zeitlupe. Er würde noch hier sein, wenn ich weg war. Auf die Weise war er größer als ich, als wir alle. Der Idiot war auf diese Weise größer als das Leben.

»Sollen wir einen Kaffee trinken?«

Er sah mich mit diesen Augen an und wandte dann den Blick ab, zur Insel mitten im Fluss. Er vertraute mir nicht.

»Ich lade dich ein«, sagte ich.

Er war schweigsam am Tisch. Ich spiegelte mich in seinen Augen, ich suchte dort nach etwas. Er war einer von uns, aus unserer Gegend. Vielleicht war er am repräsentativsten.

Der Ball lag auf einem Stuhl neben ihm. Zu Hause waren sie wahrscheinlich zu viert um den Tisch: sein Vater und seine Mutter, der Idiot und der Ball. Eine Familie. Als ich daran dachte, wurde ich neidisch. Er engagierte sich in seinem Leben, aber ich war nicht sicher, ob ich dasselbe tun würde, wenn mein Leben erst richtig beginnen würde. Alles das hatte er schon getan, bevor er starb.

Der Bruder saß an einem Tisch in der Bar, als er in das kleine Hotel zurückkam. Das Hotel war neu und das erste in der Gemeinde. Vorher hatte es nur Fremdenzimmer gegeben und niemals eine Bar.

Es war sieben Uhr und er war den ganzen Weg um den See gegangen. Er hatte dafür weniger Zeit gebraucht, als er gedacht hatte. Die letzte halbe Stunde war er auf der Straße gegangen, doch es war eher wie ein Schlafwandeln gewesen.

»Willst du ein Bier?«

»Ja.«

Der Bruder ging zur Theke und kaufte zwei Glas Bier. Sie saßen schweigend da und tranken eine Weile und er fragte sich, wie sein Bruder es wohl sagen würde.

»Bist du sicher, dass das hier die richtige Methode ist?«, fragte der Bruder, nachdem sie das halbe Bier getrunken hatten.

»Was ist das für eine Frage?«

»Ich bin dein Bruder.«

»Was heißt das, dass du es gerade jetzt sagst?«

»Nur damit wir wissen, dass kein Zweifel besteht.«

»Wenn Zweifel bestünde, dann hätte sich das wohl

schon eher gezeigt«, sagte er und spürte die Wut wie ein Jucken in der Nase, wollte es aber nicht zeigen.

»Zweifel können jederzeit auftauchen. Das kann ja auch gut sein«, erwiderte der Bruder.

»Wie geht es dir?«, fragte er.

»Es ist ja deine Sache und ich bin nicht sicher, ob es eine gute Sache ist, aber es ist deine Sache«, sagte der Bruder. »Deine Sache.«

»Ja.«

»Was macht man nicht alles für seinen Bruder.«

»Wir wollen ja keine Bank ausrauben.«

»Wenn es nur so wäre«, sagte der Bruder und fragte dann, ob er noch ein Bier wolle, aber er lehnte dankend ab.

»Ich werde auf jeden Fall noch eins trinken.«

»Na klar.«

»Wenn du nur hergekommen wärst, um eine Bank auszurauben«, sagte der Bruder, als er von der Theke zurückgekommen war und sich ihm gegenübergesetzt und einen Schluck von seinem Bier genommen hatte.

»Wir können es tun, wenn es dich glücklich macht«, sagte er.

»Ohne Plan«, meinte der Bruder.

»Das ist die beste Methode«, entgegnete er. »Die Sachen mit Plan erfordern oft so viele Leute und dann geht es schief.«

»Rein und mit einer Pistole herumfuchteln, ist ein besseres Modell.«

»Ja. Aber es muss ein Maschinengewehr sein.«

»Spielzeuggewehr.«

»Das spielt keine Rolle.«

»Klar spielt das eine Rolle, verdammt«, sagte der Bruder. »Mit einem Spielzeuggewehr bringt man niemanden um.«

Sie saßen schweigend da.

»Das hier ist schlimmer, als eine Bank auszurauben«, sagte der Bruder nach einer Weile.

»Ich will ihn nur treffen«, sagte er und dachte, das haben wir doch schon alles besprochen. Dieses Hotel ist nicht der richtige Ort. Das ist geklärt. Deshalb bin ich nicht hergekommen.

»Schlimmer«, sagte der Bruder.

»Ich weiß, was du denkst.«

Der Bruder erhob das Glas und trank, die untergehende Sonne schien durch das Fenster und fing sich für einen Moment im Glas. Sie veränderte die Farbe der Flüssigkeit darin, aber als er das Glas sinken ließ, war alles wieder wie zuvor.

»Warum bist du mit dem Zug gekommen?«, fragte der Bruder.

»Was ist denn das für eine Frage?«

»Es kommen nicht viele mit dem Zug. Du hast doch ein Auto.«

»Nein.«

»Hast du kein Auto mehr?«

»Kein Auto.«

»Hast du das Auto abgeschafft?«

»Jetzt sei doch mal einen Moment still, verdammt noch mal«, sagte er.

Er brauchte auf jeden Fall noch ein Bier. Er ging zur

Theke und kaufte sich ein Glas, ohne den Bruder zu fragen.

»Hast du ihn gesehen?«, fragte der Bruder, als er zurückkam.

»Nein.«

»Das solltest du tun.«

»Das werde ich ja.«

»Ich meine jetzt. Früher. Vorher. Oder was man auch immer sagt.«

»Jetzt? Du meinst heute Abend? Heimlich oder wie?«

»Ich finde, du solltest das tun. Du solltest ihn einfach sehen und dann könnten wir mit dem hier weitermachen.«

»Nein.«

»Warum nicht?«

»Nein.«

Der Bruder erhob sich.

»Morgen also«, sagte er.

»Wenn du immer noch dabei bist.«

»Ich bin dabei, aber ich finde, du könntest mal zuhören.«

»Ja.«

»Sollen wir gehen?«

»Können wir nicht ein wenig in die Richtung gehen?«, fragte der Bruder.

Er antwortete nicht.

»Es ist das letzte Mal, dass ich es sage«, sagte der Bruder.

»Du willst sehen, wie lange ich es aushalte, oder?«

»Ich sage nichts«, meinte der Bruder.

»Dafür, dass du nichts sagst, redest du verdammt viel.«

»Das ist doch total bescheuert.«

Es waren jetzt weniger Autos auf der Straße unterwegs. Es war Abend und die Ortschaft kam zur Ruhe. Das hier war ohnehin niemals ein Ort, in dem es unruhig war, dachte er. Oder besser gesagt hat man nichts davon mitbekommen. Wenn die Leute wahnsinnig werden, behalten sie es für sich. Sie drehen eine Runde nach der nächsten um den Marktplatz, fahren zum See hinaus und stehen mit ihren Autos schweigend am Abhang, bis die Dunkelheit es unmöglich macht, die verzerrten Gesichtszüge zu erkennen, wenn sie sich im Rückspiegel betrachten. Dann schreien sie über den See. So ist es den ganzen Sommer lang. Vor allem jetzt, wo er sie so furchtbar im Stich lässt. Wenn er sie verlässt.

»Wie ist es da drüben?«, fragte der Bruder, als sie über den Marktplatz gegangen waren und in Richtung Sportplatz weitergingen.

»Es ist einsam«, sagte er.

»Wie man es von den Großstädten so sagt«, sagte der Bruder.

»Ja.«

»Sie sagen, es sei, als würde man in den Wald gehen.«

»Wer sagt das?«

»Die, die da waren, sagen das. Dass es sei, als würde man in einen großen Wald gehen, in dem man noch nie zuvor war. Nicht ein Baum ist einem bekannt, aber es sind viele davon da.«

»Das nenne ich eine philosophische Sichtweise«, sagte er. »Aber es stimmt, die Menschen auf den Straßen sind wie Bäume und das ist einem auch bewusst. Das ist immer so. Alle sind immer Bäume und die Bäume sind immer fremd.«

»Hm.«

»Das ist manchmal schön. Man kommt davon.«

»Das ist nicht so wie hier«, sagte der Bruder.

»Es ist nie wie hier.«

Sie kamen zum Sportplatz. Er lag ganz oben auf dem Hügel und die Birken begrenzten ihn nach unten zum See hin. Die späte Nachmittagssonne brach durch das Laubwerk und warf ein Muster auf den Rasen.

Ein Mann ging die Linien entlang und erneuerte die Markierung. Er schob den Behälter mit der Kreide auf Rädern vor sich her und hielt den Blick aufs Gras gerichtet. Als sie kamen, war er mit der Linie um den Platz herum fertig, er war umrandet wie ein Bild.

Alles ist fertig, außer den Linien, die sich im Feld befinden, dachte er.

Er war selbst da drin gewesen, ein Teil des Gemäldes. Das war seine ganze Kindheit und ein Teil seiner Jugend.

»Erinnerst du dich an den Idioten?«, fragte der Bruder.

»Natürlich.«

»Den Idioten von Brusafors.«

»Ja.«

»Es war ein Abend wie dieser hier, allerdings ein wenig später, und ich glaube nicht, dass du dabei warst. Er kam mit dieser Zipfelmütze angefahren und zog sich am Moped um. Der Trainer staunte nur, als der Idiot anfing, die Kegel in Kreisen um die Spieler zu setzen.«

Sie sahen über den Platz.

»Er wusste alles über die englische Liga«, sagte der Bruder.

»Alle Stadien.«

Sie horchten auf das Quietschen des Kreidebehälters.

»Ohne den Idioten wurde es leer hier«, sagte der Bruder. »Er war wie ein Maskottchen.«

»Ich frage mich, ob er dachte, dass er irgendwann mal ein Match mitspielen würde.«

»Ich weiß nicht«, meinte der Bruder.

»Er kam mit seinem Moped und stellte es da ab und hinterher fuhr er nach Hause.«

»Wir konnten ihn schon von der Mejerigatan her hören. Erinnerst du dich, dass der Trainer sagte, und jetzt mal tüchtig, Jungs, jetzt kommt der Idiot?«

»Haben wir ihn veräppelt?«

»Nein.«

»Bist du sicher?«

»Nein.«

»Er war wohl nicht so viel anders als wir.«

»Hm.«

»Mir wurde richtig komisch an dem Tag, als es hieß, er sei auf dem alten Weg überfahren worden«, sagte der Bruder.

Der Mann, der die Linien weißte, hatte den Kreidebehälter ein Stück von ihnen entfernt weggestellt und rauchte jetzt eine Zigarette. Als er sie anzündete, hatte er den Kopf zum Gruß ein paar Millimeter erhoben.

So grüßen wir hier, dachte er, mit dem Zeigefinger drei Millimeter vom Lenkrad erhoben, wenn wir einander begegnen, oder mit dem Kopf, so wie jetzt. So muss es sein. Nur wenn es eine Nähe zwischen den Menschen gibt, müssen die Begrüßungen nicht so furchtbar auffällig und übertrieben und falsch sein. Wir werden wahnsinnig von dieser Nähe hier, aber wir begnügen uns damit, einen Finger zu heben. In der Stadt umarmen die Bäume einander.

»Ingemar war es, der ihn überfahren hat«, sagte der Bruder.

»Ich weiß.«

»Es passiert immer noch, dass ich mich frage, was er verdammt noch mal da gemacht hat.«

»Ingemar?«

»Nein, der ist immer da gefahren. Ich meine, der Idiot. Er war noch nie da gewesen. Da fuhr er nie lang und das wusste man, denn die Zündapp hörte man ja Meilen im Voraus.«

An der Mejerigatan hielt ein Bus, ein paar Jungen stiegen aus und gingen den Hügel zum Vereinsheim hinauf.

Gleichzeitig kamen ein paar andere Jungen auf Fahrrädern, die sie gegen den Metallzaun lehnten, der um den Platz verlief.

»Jetzt weiß ich, warum wir hergekommen sind.«

»Ja.«

»Du Teufel.«

»Nenn mich, wie du willst, aber du wusstest ja doch, warum«, sagte der Bruder.

Er antwortete nicht.

»Kommt sie auch?«, fragte er, nachdem sie beide eine halbe Minute schweigend dagestanden hatten.

»Sie versteht es auch«, sagte der Bruder.

»Was sagst du da, verdammt noch mal«, sagte er und hörte, wie schwach seine Stimme war. »Ich glaube, ich träume«, meinte er. »Ist sie hier?«

»Natürlich nicht. Aber sie ist kein Unmensch.«

»Ich habe mich auf dich verlassen.«

»Es gibt Sachen, die kann man einfach nicht tun«, sagte der Bruder.

»Ich kann es jedenfalls.«

»Tu es nicht. Ich werde dir sagen, warum. Ich habe von mindestens zwei Fällen gehört, und zwar in deiner Stadt, aber ich weiß nicht, ob du sie kennst. In dem einen Fall ging alles schief und es wurde furchtbar. Es wurde eine Art Rache daraus, für die das Kind benutzt wurde. Es spielt keine Rolle, wie ruhig man zu Anfang ist. Das glaube ich. Ich habe viel darüber nachgedacht und das ist ein Risiko, das einfach zu groß ist. Du kannst den Jungen nicht mitnehmen, ohne zu riskieren, dass etwas Schreckliches passiert.«

»Wir haben darüber doch schon geredet.«

»Wenn alles näher kommt, dann kriegt es andere Proportionen«, entgegnete der Bruder. »Du kannst es jetzt nicht sehen, aber ich. Ich kann die Konsequenzen sehen und die können solcherart sein, dass man sie nicht sehen will. Verstehst du, was ich meine?«

»Ja.«

Er spürte die Tränen in den Augen, das Bild vor ihm war verschwommen. Er blinzelte und sah die Jungen, die sich jetzt draußen auf dem Platz versammelten, die beiden Mannschaften standen nebeneinander. Sie kickten sich die Bälle zu. Das Geräusch von Leder auf Leder.

»Wie kannst du so etwas von mir denken«, fragte er, »dass ich so was machen würde?«

»Es geht hier nicht um dich«, sagte der Bruder. »Es geht darum, was die Verzweiflung mit uns macht.«

»Bin ich also verzweifelt?«

»Wichtig ist, was ich jetzt sage«, sagte der Bruder. »Es geht nicht um dich, sondern um alles andere.«

Das Spiel begann und er sah, wie der Sohn den Ball fast sofort bekam, wie er sich über das Mittelfeld bewegte und ihn nach links abspielte.

Danach wendete sich das Spiel und der Sohn lief zurück und schien zu wissen, in welchem Bereich er sich aufhalten sollte.

Er bewegt sich, wie ich es getan habe, dachte er und verfolgte die Schritte des Jungen.

Er bekam den Ball wieder, lief drei Schritte und spielte ihn nach rechts ab. Um den Metallzaun standen Leute. Die Sonne befand sich nun hinter den Birken und der halbe Platz lag im Schatten. Da der Junge sich in der Mitte bewegte, lief er die ganze Zeit vom Schatten in die Sonne und wieder in den Schatten.

Der Bruder sagte etwas.

»Wie?«

»Du musst nicht ins Hotel zurück.«

»Wie?«

»Komm nachher mit mir nach Hause. Wir müssen reden.«

»Du gibst niemals auf.«

»Er weiß, dass morgen jemand zu Besuch kommt«, sagte der Bruder.

»Mein Gott. Wie hast du sie denn dazu gebracht?«

»Die Menschen verändern sich. Ich kann nicht genau sagen, wann so etwas passiert«, sagte der Bruder.

Er spürte, dass er zitterte.

»Ich weiß nicht, ob ich das kann«, sagte er.

»Ich werde dir helfen.«

Er versuchte, den Bewegungen des Sohnes zu folgen, doch alles war wieder verschwommen. Die Sonne kroch noch weiter nach unten und jetzt lag ein noch größerer Teil des Platzes im Schatten. Er hörte nichts außer den Signalen der Trillerpfeife. Keine Rufe, keine Stimmen, kein Wind, kein Moped.

»Willst du gehen?«, fragte der Bruder in der Pause.

»Nein.«

»Woran denkst du?«

»Es ist so still hier.«

»Im Moment ja.«

»Nein, vorher war es auch still.«

Der Bruder antwortete nicht.

»Ich denke an ein Bild im Hotelzimmer«, sagte er. »Es sieht aus wie irgendein naives Stadtporträt, aber ich bin nicht sicher, ob das die Absicht des Künstlers ist. Die Proportionen sind nur ein klein wenig verschoben, ich kann nicht beurteilen, ob es gute oder schlechte Kunst ist, und deshalb kann ich mich nicht entscheiden, was ich davon halte. Ich habe den ganzen Tag darüber nachgedacht.«

Sein Gesicht war unbeweglich, so, als würde er nicht mehr leben. Ich wusste, dass er schlief, aber man hörte kein Schnarchen, gar nichts. Keine Geräusche, die ein Schlafender gewöhnlich macht. Er lag auf dem Rücken. Diese Art zu schlafen hatte ich von ihm geerbt. Was hatte ich noch geerbt? Ich dachte darüber nach, während ich dasaß und darauf wartete, dass er aufwachte. Es war früher Abend. Das Zimmer roch nach Alkohol und Tabak. Die Gardinen hingen still, unbeweglich wie das Gesicht meines Vaters.

Das Licht ruhte auf dem Stuhl, der neben dem Bett stand, nahe seinem Kopf. Ich konnte die Tabakkrümel sehen, die über der Sitzfläche und auf dem Fußboden unter dem Stuhl verstreut lagen, wie eine Schicht brauner Staub, der sich verteilt hatte, als er versuchte, seine Zigaretten zu drehen. Auf dem Stuhl lag eine Zeitung. Mit der pflegte er Fliegen zu erschlagen. In diesem Spätsommer waren es große und viele gewesen. Die Flaschen standen unter dem Stuhl, ein Stück weiter weg lag ein Glas, als wäre es auf den Boden gefallen und in einem Halbkreis weggerollt.

Das Foto von der Familie stand auf dem Fußboden

zwischen den Flaschen. Er musste es kürzlich angeschaut haben, denn es befand sich nicht auf der Kommode, wo es gewöhnlich stand.

»Was machst du hier?«

Er hatte sich nicht gerührt, aber vielleicht war er schon lange wach gewesen, hatte mich vielleicht beobachtet, als ich in die Hocke gegangen war und das Foto betrachtet hatte. Ich hatte es so oft gesehen, zuerst dort und dann hier, auf verschiedenen Kommoden, in verschiedenen Häusern. Ich saß zwischen meinem Vater und meiner Mutter. Keiner von uns auf dem Foto schien am Leben zu leiden.

Ich stand auf, sah auf ihn herab. Er legte den einen Arm unter den Kopf.

»Bist du schon lange hier?«, fragte er.

»Nein.«

»Du hättest mich doch wecken können.«

»Ja.«

»Wie spät ist es?«, fragte er, drehte sich auf die Seite und sah die Wand an, wo die Zeit seit einer furchtbaren Ewigkeit schon stehen geblieben war. »Weißt du, wie spät es ist?«, fragte er wieder und wandte sich zu mir um.

Ich sah auf meine Armbanduhr. »Halb sieben.«

»Halb sieben? So spät? Das war's dann mit diesem Tag.«

»Mama ist tot«, sagte ich.

»Was?«

»Mama ist tot.«

»Was redest du da?«

»Deshalb bin ich hier. Mama ist tot.«

Er setzte sich auf, plötzlich mit Farbe im Gesicht, eine Ansammlung von Blut unter den Augen. Ich sah, dass er zu der Fotografie blickte. Da wollte ich gern fragen, warum er sich das Bild kürzlich herangeholt hatte, warum er es an einen anderen Platz gestellt hatte, es angeschaut hatte.

»Sie ist tot?«

»Sie ist heute Morgen gestorben.«

»Aber sie ... sie ... war doch nicht alt«, sagte er, als ginge es bei Leben und Tod nur um das Alter. »Heute Morgen? Warum verdammt noch mal bist du nicht hergekommen?«, fragte er und schwang die Beine aus dem Bett, ohne dass er wagte, mich anzusehen.

»Du warst nicht hier«, erwiderte ich.

»Ich war nur kurz weg. Du hättest doch warten können.«

»Ich hatte keine Zeit.« Ich hatte angefangen zu weinen, aber still, ohne mich zu bewegen, so wie er, als er auf dem Rücken im Bett gelegen hatte. »Ich musste zurück, weil ein Arzt kam und die Leute vom Beerdigungs...«

»Ja, ja«, sagte er. Er stand auf und rieb sich kräftig das Gesicht. Das Schaben der Hände auf der unrasierten Haut hallte im Zimmer wider.

»Oh, verdammte Scheiße«, sagte er und ging plötzlich schnell in die Küche, wo ich hörte, wie seine Kotze den Ausguss und das Spülbecken traf. Der Wasserhahn lief. Er räusperte sich lange. Die Kühlschranktür wurde geöffnet und er kam mit zwei Flaschen Bier zurück. Er gab mir die eine, ehe ich noch den Kopf schütteln konnte. Er sah mich an. Eine oder mehrere Äderchen in seinem Auge waren geplatzt.

»Was ist passiert?« Er trank aus der Flasche. »Sie war doch nicht krank.«

»Ein Autounfall.«

»Ein Autounfall? Heute Morgen, sagst du?«

»Ja.«

»Sie hat kein Auto. War es ein Zusammenstoß?«

»Ja.«

»Ein Unfall? Sie saß in dem Auto?«

»Sie war im Auto eingeklemmt.«

»Im Auto eingeklemmt? Heute Morgen?«

»Sie fuhr im Auto mit einem Typen, den ich nicht kenne, der heute Morgen mit einem anderen Auto zusammengestoßen ist, und alle, die da waren, sind umgekommen, du verdammter, verdammter …«, schrie ich, stand auf und trat gegen das Foto, so dass es an die Wand flog und zerbrach. In der Sekunde danach wurde mir klar, was ich getan hatte, und ich lief die paar Schritte zur Wand und kniete mich hin zwischen die Scherben und hob den Rahmen hoch. Ich fing an, die größeren Glasstücke in den Rahmen zu legen, von links, und nach einer Weile bedeckten sie meinen Vater und mich, aber als ich meine Mutter bedecken wollte, waren nur noch kleine Scherben übrig, wie die Tabakkrümel am Bett.

»Pass auf, dass du dich nicht schneidest«, sagte mein Vater vom Bett her.

»Halt die Schnauze«, antwortete ich, aber meine Stimme war schwach.

»Lass es liegen, wir sammeln es nachher auf«, sagte er. »Wir kaufen einen neuen Rahmen.«

»Wir? Das muss in diesem Fall ja wohl ich sein.«

Ich stand auf und trug den Rahmen und das Foto und das Glas zur Kommode. Gleichzeitig ging mein Vater in die Küche und holte mehr Bier.

Er musste an den Tod im Auto gedacht haben, an das, was mit meinem Bruder geschehen war. Daran, wie unser Leben danach geworden war, an den Ersatz von einem Leben, das wir gelebt hatten. Wir hatten uns in unserer eigenen Landschaft aufgehalten, die doch fremd war. Wir konnten uns bewegen, aber nicht weit genug weg. Wir wurden niemals frei.

»Ich muss gehen.«

»Karl ...«

»Jetzt weißt du es.«

»Du kannst jetzt nicht allein sein, Karl.«

Wir sahen einander über das Bett in seinem Schlafzimmer an, das immer noch nach Alkohol und Tabak roch. Wir standen ein jeder auf seiner Seite an einem Abgrund, unsere Stimmen waren fast nicht zu hören und die Worte kamen nicht an, sie fielen wie Steine in die Schlucht. Weder die Stimmen noch die Worte hatten genug Kraft, um den ganzen Weg zwischen uns zu tragen. Wir hatten nie lernen können, wie man das machte, wie die Worte Bedeutung bekommen konnten. Ich wusste, dass sie noch da unten auf dem Grund lagen, aber wir kamen nicht an sie heran, um sie wieder zu verwenden. Etwas mit ihnen zu tun. Wir hatten keine Worte. Es lag nicht nur daran, dass wir Jungen und Männer waren. Es war etwas anderes.

»Ich gehe jetzt«, sagte ich.

»Gehst du nach Hause?«

»Ja.«

»Ich kann da nicht hingehen.«

Ich verließ ihn. Ich nahm die Fotografie und den kaputten Rahmen mit. Ich wusste, dass er dankbar war, dass ich es tat. Das würde er nie sagen.

Es hatte sich bewölkt und aus der Dämmerung war Abend geworden. Von der schwachen Beleuchtung lag eine pissgelbe Haut über der Ortschaft. Die war wie unsere Worte, reichte nirgendwohin, war zu nichts nutze.

Ich ging zum See hinunter. Durch die verrußte Luft konnte ich die beiden weißen Pferde schimmern sehen, als sie sich links auf der Landzunge bewegten. Ich warf einen Stein in den See und sie stürzten sofort zwischen die Bäume und waren fort. Der Geruch von Rauch kam mit dem Wind von den alten Häusern am Nordende des Sees. Ein Auto fuhr auf der Straße vorbei, beleuchtete den Wald. Ich hörte das Bellen des Hundes im Zwinger auf dem Grundstück, das fünfzig Meter entfernt lag. Das Bellen des Hundes war laut, er zerrte an seiner Kette.

Ich dachte an meine Mutter auf der Bahre im Krankenhaus. Vielleicht lag sie im Beerdigungsinstitut und wartete. Wie sie es jetzt wohl haben würde, da dieser Teil vorüber war, da etwas anderes begann, etwas Besseres? So dachte ich. Etwas schabte in der Jackentasche. Ich fühlte nach und ein großes Glasstück hatte ein Loch direkt durch den Stoff geschnitten. Der Rahmen mit dem Foto war dabei herauszufallen.

Auf der Straße waren keine anderen Autos. Sie fuhren über den Bahnübergang bei Bengtssons. Der ältere Mann fuhr, wie man fährt, wenn man jede Kurve und die Strecken dazwischen kennt. Der Jüngere öffnete das Fenster auf seiner Seite und der Wind zerzauste sein Haar. Die Sonne war dabei unterzugehen, aber es würde noch eine Weile dauern, ehe sie hinter den Bäumen versank. In der Entfernung hörte er den Zug. Es ist ein anderes Geräusch geworden, dachte er.

»Was denkst du?«, fragte der Ältere.

»Schnurrt gut«, sagte der Jüngere.

»Der hat ein paar Jahre unter der Motorhaube, aber er klingt wie eine Katze.«

»Ja.«

Sie schwiegen eine Zeit lang. Der Wald kam nah an den Weg heran. Hier ist nichts passiert, dachte der jüngere Mann. Das Einzige ist, dass der Wald näher gekrochen ist und dass der Zug anders klingt.

»Du sollst wissen, dass wir froh sind, dass du nach Hause gekommen bist«, sagte der Ältere. »Auch wenn es nur für kurze Zeit ist.«

»Ja.«

»Du hast dich nicht verändert, du.«

»Was?«

»Du redest nicht viel.«

Der Jüngere antwortete nicht.

»Gut so, Lennart.«

Sie hatten die größere Straße verlassen und waren auf etwas Gottverlassenes gerumpelt. Es ist ja vieles gut in Schuss hier, aber diese Straße nicht gerade, dachte der Jüngere.

In ihm gab es ein Gefühl des Wiedersehens. Das hier erkenne ich vielleicht wieder.

»Wie alt bist du jetzt, Lennart?«

»Sechsundvierzig.«

»Das ist kein Alter.«

»Kommt drauf an, womit man es vergleicht.«

»Man kann es mit mir vergleichen«, sagte der Ältere. »Wenn man es mit mir vergleicht, dann ist es verdammt noch mal kein Alter für ein Pferd. Du bist nur ein Junge. Weißt du, wie alt ich bin, Lennart?«

»Ich weiß, dass du Anfang der dreißiger Jahre geboren bist«, meinte der Jüngere.

»Am 18. Januar 1933 bin ich geboren«, sagte der Ältere. »Und das ist auf den Tag genau, zwei Jahre ehe Elvis geboren wurde.«

»Das wusste ich nicht.«

»Elvis wurde am 18. Januar 1935 in East Tupelo, Mississippi, geboren und zwei Jahre vorher wurde ich in East Kroksås, Småland, geboren.«

Der jüngere Mann, der bloß ein Junge war, lächelte.

»Das steht geschrieben«, sagte der Ältere.

Sie hatten sich mit dem Auto zu einer Lichtung im Wald gearbeitet. Hier war die Straße breit und locker aufgeschüttet. Ein Holzzaun hing schief auf einer Weide. Die Weide war schmal und lang und schien sich über die Wiesen fortzusetzen.

»Hier haben wir unsere Stelle«, sagte der Ältere.

»Ich hatte vorher schon das Gefühl, als würde ich das wiedererkennen«, sagte der Jüngere.

»Erinnerst du dich, wie wir mal hierher gefahren sind?«

»Ich habe es nie vergessen.«

»Gut so, Lennart.«

Sie lehnten sich auf den Holzzaun. Es war warm. Es ist, dachte der Jüngere, als hätte die Sonne den Beschluss gefasst, sich ihnen zu zeigen, ihre wärmenden Strahlen zu ihnen zu schicken.

Er schloss die Augen und spürte einen Schatten auf dem Gesicht. Er sah auf und entdeckte eine dunkle Wolke, die sich von Norden vor die Sonne schob. Die Wärme war immer noch da, aber die Sonne war verschwunden.

»Es war der 14. August 1961, als wir hier waren«, sagte er, der älter war.

Der Jüngere sagte nichts.

»Du sagst nichts, aber du fragst dich, wie ich das wissen kann. Das ist ganz einfach. Zwei Tage vorher rückte *Surrender* auf Platz fünfundzwanzig in den englischen Charts.«

Plötzlich fing es an zu regnen, heftig und schwer. Sie

gingen zum Auto zurück und setzten sich auf den Vordersitz. Das Licht im Auto war gedämpft. Der Ältere beugte sich über den Jüngeren, öffnete das Handschuhfach und holte eine Flasche heraus.

»Willst du etwas?«, fragte er und hielt die Flasche in das Licht, das durch die Windschutzscheibe blitzte.

»Nein danke.«

»Gut so, Lennart. Es ist eine schreckliche Unart.«

Er trank, ließ die Flasche sinken und schraubte sie zwischen den Beinen zu, genau vor dem Penis. Er trocknete sich den Mund und sah geradeaus aus dem Fenster. Ich habe vergessen, wie grün es sein kann, dachte der Jüngere.

Der Ältere wandte sich ihm zu.

»Howdy, Partner«, sagte er.

»Hallo.«

»Sechsundvierzig Jahre.«

»Ja.«

»Das ist schon was.«

»Tja ...«

»Das ist kein Alter, aber es ist schon etwas.«

Der Jüngere antwortete nicht.

»Wie steht es mit den Frauen?«

»Immer so auf und ab.«

»Vielleicht geht es mich ja nichts an, aber ich habe von meiner Schwester gehört, dass du eine Scheidung hattest.«

»Ja.«

»Das ist hart.«

Der Jüngere antwortete nicht.

»Es gibt viele, die versucht haben, einen in eine Ehe zu zwingen, aber ich habe mich gewehrt«, sagte der Ältere.

»Ich weiß.«

»Da haben wir schon drüber geredet.«

Der Jüngere antwortete nicht.

»Ich will ja nicht sagen, dass ich dich gewarnt habe«, sagte der Ältere. »Das würde ich nie sagen.«

»Nein.«

»Wie steht es mit den Kindern?«

»In Ordnung. Sie wohnen bei ihrer Mutter, aber inzwischen sind sie so groß, dass sie bald zu Hause ausziehen.«

»Die Zeit vergeht«, sagte der Ältere. »Bring sie mal mit.«

»Das mache ich, nächstes Mal.«

»Gut so, Lennart.«

Der Ältere trank aus der Flasche und das Telefon, das der Jüngere in der Brusttasche trug, klingelte. Vor Schreck zuckte der Ältere zusammen und vergoss etwas Alkohol. Der Jüngere griff nach dem Telefon, drückte einen Knopf und das Klingeln verstummte.

»Willst du nicht rangehen?«

»Es ist nichts Wichtiges.«

»Was hat das dann für einen Sinn, so etwas mit sich herumzutragen, wenn man nicht rangeht, wenn es im Wald klingelt?«

»Gerade hier sollte man nicht rangehen. Das gehört hier nicht hin. Ich hatte nur vergessen, es auszuschalten.«

Sie saßen eine ganze Weile schweigend da.

Der Ältere sah den Jüngeren an.

»Du bist ein schweigsamer Junge, Lennart. Das gefällt mir.«

Er zündete sich eine Zigarette an.

»Ich bin auch so, obwohl ich jetzt gerade rede und frage. Aber nur Schwuchteln quasseln und quasseln die ganze Zeit.«

Es hatte aufgehört zu regnen und der Jüngere sah drei Pferde, die bei dem Holzzaun direkt am Auto standen. Er spürte ein warmes und leichtes Gefühl im Kopf.

Sie stiegen gleichzeitig aus dem Auto aus und gingen zu den Pferden. Sie berührten die Köpfe der Pferde, die Mähnen, die wild die Hälse herunterwuchsen. Der Jüngere ließ los und wandte sich dem Älteren zu, machte eine Bewegung in der Hüfte, als würde er nach einer Pistole fassen.

»Das habe ich dir beigebracht«, sagte der Ältere und hob die Hände.

Die Pferde sahen sie an. Nach einer Weile machten sie kehrt, gleichzeitig und in dieselbe Richtung, und fingen an, die Wiese hinunterzugaloppieren. Es dröhnte weich durch die Luft und der Jüngere dachte, dass es klang, als würde das Dröhnen einen Kreis beschreiben und wiederkommen, als die Pferde fort waren.

Die Sonne war wieder herausgekommen, aber sie besaß nicht mehr dieselbe Kraft. Sie war dabei unterzugehen. Von Westen hörte der Jüngere das Pfeifen des Zuges, aber auch sie sind ohne Kraft, dachte er. Die neuen Züge haben kleine Geräusche. Eine größere Geschwindigkeit, aber kleinere Geräusche.

Der Ältere kratzte sich im Nacken und sah zum Himmel auf.

»Bald wird es dunkel werden. Wir sollten wohl zurückfahren.«

»Ja.«

»Willst du das Auto fahren? Du willst es doch sicher mal probieren.«

»Tja ...«

»Klar willst du fahren, Lennart. Von hier zum Eisenbahnübergang bei Bengtssons, oder noch weiter, wenn du willst.

Der Junge antwortete nicht.

»Du bist jetzt ein Mann, Lennart, kein Junge. Klar, dass du deinen alten müden Onkel ein wenig fährst.«

Der Abend war voller Geräusche und von einem dumpfen Schimmer erfüllt. Es ist, als würde man in einem großen Raum fahren, dachte der jüngere Mann.

»Du fährst gut«, sagte der ältere Mann. »In dieser Gegend ist es wichtig, gut zu fahren, weil man die Eisenbahn überall um sich herum hat.«

Der jüngere Mann spürte die Oberfläche der Straße durch das Lenkrad. Die Straße verlief gerade und war schmal. Nach etwa einem Kilometer bog sie abrupt ab und er sah den Übergang. Er ist immer noch unbeschrankt, dachte er.

»Gut so, Lennart«, sagte der Ältere, der die Arbeit des Jüngeren mit dem Schalthebel verfolgt hatte.

Er fuhr im niedrigen Gang auf den Bahnübergang zu. Das Einzige, was zu hören war, war das Geräusch des Motors und ein paar Gänse, die von dem Weiher zur Rechten aufflogen. Der Jüngere sah schnell dorthin und sah die Vögel, die zum Himmel strebten. Es dampfte aus dem Wasser. Es blitzte rundherum. Jemand hatte den Weiher mit Folie ausgekleidet. Er fuhr schneller. Er hörte den Zug auf den Schienen und dann das Pfeifen, ein- oder zweimal. Er war immer noch weit weg.